KB267296

꽃
자
리
연
대

꽃
자
리 연
대

꽃자리 연대

유귀자 지음

고요아침

작가의 말

/

삶은 이야기

평범하고 지루해도
누군가의 기억 속에서는 최고인
이야기가 있습니다

어떤 이야기를 어디까지
쓸 수 있을지
알지 못합니다만

다시 봄
같으면서 다른 이 봄을
처음이자 마지막이듯 살면서
쓰면서 나는 또 설레고
아플 것입니다
기쁠 것입니다

여섯 번째 산문집이 나오기까지
지난한 워드 작업을 마다하지 않은 지원 엄마

번번이 출판을 도같아주시는 고요아침의
이지엽 대표님 김남규 편집장님
무엇보다 다듬어지지 않은 날것의 이야기를
오래고 새로운 연대로 한결같이 응원하고
귀 기울여 주는 독자들께
깊은 감사 드립니다

고맙습니다

**이천이십오년
봄이 짙어 오는 진도에서
비 갠 아침**

차례

4부

/

5부

/

1부

처서 무렵

구월을 열흘쯤 앞두고
감나무에서 어느새 익은 쪽감이 떨어져
감을 주워 쪽 – 빨아 먹었다
달디단 가을의 맛
아침 산책길의 공기에서도
바람에서도 단내가 난다
가뜩이나 여름이면 맥없어지는 내가
올여름은 손목을 다쳐서 더 덥고 더 힘들었다
그 여름이 드디어 뒷모습을 보이고 있다
오랜만에 시장을 둘러보니
그새 햇밤도 나왔다
모기떼의 극성도 덜하다
자다가 배를 덮는다
처서 지나
비로소 살 것 같은 가을이다
살아야겠다

오이 두 개 가지 한 개

— 이심전심

계십니까?

엊그제는
찐 강냉이 세 개
가져다 놓으셨더니

오늘은
굵다란 오이 두 개에 가지 한 개

나도 시골 살고
우리집 텃밭에서도 매일 같이
가지 오이 따 반찬하건만

남 놀리는 빈터에
텃밭 농사짓는 목사님

안경 뒤 보기 좋은 눈썹에 맑은 눈동자
무엇보다 그이 미소가 얼마나 아름다운지

나는 안다
조철현 목사님 아침기도 때마다
교회도 나가지 않는 우리 부부 우리집 두 아이
꽃자리 드나드는 수수 많은 발길에까지
축복하시는 거

목사님도 아시겠지
나 또한 두 사람 이름 부르며 기도하는 거
두 분에게로 올
오고 있는 아기도 불러
기도하는 거

믿습니다
내 식대로
무작정 믿어 마지않는 것

꽃자리 연대
— 꽃자리에서 꽃자리로

꽃자리에서
그림 '꽃자리'를 만나러 갔다
장소가 사람의 또 하나 이름이 되어버린 꽃자리
이곳에서 나는 십 년 가웃의 세월 동안
전화를 받을 때마다 '꽃자립니다'하고 받았다
누구는 거기가 뭐하는 데냐고
찻집? 식당? 하고도 물었지만
이제 알 만한 사람은 다 알도록
이곳 우리들의, 모두의 쉼터는
공히 꽃자리로 자리매김 되었다

지난 가을 어름
그림을 그리는 언니 부부랑 동행하였던 제천 나들이길
그곳 청풍호 인근 솟대전시관 찻집에서 나도 모르게시리
언니의 폰에 담겨진 사진
그날도 나는 나의 트레이드 마크가 되어버린 푸른
스카프를 쓰고
무턱대고 웃는 웃음을 띠고 차를 마셨던 모양
그 사진이 지지난해 마흔 해 공직 생활 손 놓고

이즈음 여고 시절 처녀 시절로 돌아가

붓을 잡은 언니의 캔버스에 옮겨져

언니의 첫 작품이 된 것을 나는 몰랐다

언니의 일이라면 누구보다 먼저 많이 기뻐하고

축하해 줄 마음 이어서

언니가 다시 잡은 붓

그 붓질의 첫걸음인 발표회에 꽃다발 마련하여 갔었다

그 외출의 연장으로 이래저래 자정이 다 돼서야

귀가했던 간밤

대문 없는 꽃자리

외양간을 손보아 서재며 차실을 겸하여 쓰는 공간의

손때 묻은 다탁 위에는 내가 언니한테 안겼던 꽃다발보다

곱절은 크고 화사한 꽃 한 아름과 천혜향

그리고 한 장의 쪽지가 놓여 있었다

아, 그이가 다녀갔구나!

그 메모 읽은 남편

시다 시

그랬다. 편지이면서 시인

말간 영혼의 결이 한 자 한 자에 섬세하게 아로새겨진

손 글씨

유난히도 단정하고

유난히도 반듯하고 맑고 환한 눈이며 이마

살풋한 미소가 떠오르고

지난 가을 천사의 집 꽃자리음악회 때

그 저녁이 예배가 있는 날임에도 불구하고
먼 길 달려와 온 정성을 담은, 흡사 기도와도 같았던
플루트 연주를 들려주었던 그이
그뿐인가, 그날 음악회 잔치 비용 다 치르고도 돈
남았대도 굳이
"우리는 아이가 없어 다른 목사님들보다는 조금 여유가
있습니다. 마음을 받아 주세요."하며
거듭거듭 끝끝내 다음 해 음악회를 위한 종잣돈으로
써달라고 당부하며 건네신 돈 오만 원
그날 그이는 수요예배 준비하느라 점심도 걸렀다 했는데
무엇하느라 나는 첫 순서였던 목사님의 김밥 한 줄 차 한잔의
요기도 못 챙겼던지 두고두고 미안하고 고마웠는데
다섯 해 전이었든가
집에서 걸어 삼십 분이 걸리는 교회로 첫 부임을 와서
그때 나이 서른 중반 결혼 십 년차라면서도
아이가 없어 그런지 대학생마냥 싱그럽고 풋풋한
어여쁘기 짝 없는 목사님 내외에게 뒷산 봉우리에서
나의 시 '산행'을 읊어 주었던 때가…

이후로 만 4년을 더 지나도록 태기 없으니
더 늦기 전에 아기를 가지는 데 전념하겠다고
다시 한번 인공수정을 시도하기 위해 안식년을 가지고
아내는 처형네 서울에서 병원엘 다니고
목사님은 아들 없는 처가가 있는 봉화로 가

손수 집을 짓고 능사를 짓고 살겠다는 그이
그가 두고 간 꽃다발 한 아름 질항아리에 꽂으며
손 편지 다시 읽으며 나도 목사님처럼 지난 시간을 헤아린다
그리고 간절히 손 모은다
부디 그이들의 간절한 소망을 그이들의 하느님이
외면치 마시기를 그 굳건한 믿음에 답하시기를

삶의 본
목회자의 본
어디를 가더라도 그 어느 때라도
그이들 조철현 이승현
앉은 자리 가고 머무는 자리 마다를 꽃자리로
만들어 살 것임을 나는 믿는다

이 땅에 그만한 목회자와 사모 있어
교회 나가지 않는 나조차 우리조차 복되고 은혜로웠으니
목사님
꽃자리에서 꽃자리로 이어지는 기도 어디서나 언제나
다정하고 따스한 사랑의 연대를 우리
남은 세월에도 잊지 말아요
고맙고 고맙습니다

맑은 차 한 잔
― 투표하는 날

흰 옷 입고 갔다
하이얀 마 바지 저고리
곱다시 다려 입고 갔다
큰 대 자에 촌락 촌 작으나 큰 동리
지난 사월의 세월호를 생각하며
차디찬 그 바다에
흰 꽃 한 송이 돛배마냥 띄우는 마음으로
하이얀 옷 입고서
이제는 정말 달라져야 한다고
다시 새롭자고 더 이상 죄스럽지 부끄럽지 말자고
새 희망을 기대를 힘차게 꾹 누르고 왔다
때는 농번기
마늘 걷힌 논바닥에 푸르른 모 심기고
들판에 다시 씨알 생기 돋는 날
앞산 뻐꾸기 나 여깄다 하고
꽃자리 책방 화병의 섬초롱꽃
시들어 가면서도 곱다
여보
우리 차나 한잔 할까?

그녀에게

줄잡아도 한 해 사오백 명은 찾아드는
대문 없는 꽃자리에 지난해는 그녀의 발길이 잦았다
봄에는 내가 부재중인 걸 알면서도 먼 길 버스 타고 걸어 와
빈 화분에 수국 모종을 심어 두었던 그이
일흔 나이 무색하게 아직 처녀이고 소녀인 그이
찻집 '풍금'에는 오래된 풍금이 있고
누가 언제 와서 만져도 좋은 기타가 있고
사철 알록달록 꽃들이 피고 지는 작은 화분들이 있고
봄이면 벚나무 가지가 창밖에서 팝콘 튀겨지듯
팡팡 터지는 태경이 일품이었다
장장 백호는 될 마리아 칼라스, 백남옥의 브로마이드에
다탁 위에는 '풍금'을 찾았던 길손들의 방명록이 몇 권
군데군데 살뜰한 안내 글귀며 사진, 시편이
색지 테두리나 액자 속에서 또 하나의 장식을 더하는 공간
주인장이야 있어도 그만 없어도 그만인 무인카페
그날은 우리 동네 노총각
인물 좋고 성격 좋고 실력도 이력도 빵빵한 민석 씨가
드디어 짝지를 만나 혼례를 올리는 날이었다
가는 길에 나는 무렴 없이 연산홍 흰꽃 한 송이 따

귓전에 꽂았고
동행한 남편은 무덤덤했어도 식장에서 마주친 동네사람이
"그기 뭐꼬? 신부 바뀐 줄 알것다."해서 웃었다
식 마치고 밥 먹고 그 길로 찾아간 찻집 '풍금'
무인 찻집이라더니 그날따라 찻집 바닥 한가운데
오두마니 앉았던 그녀
문을 열고 들어서는 나를 보고 화들짝 놀라며
튕기듯 일어났다
왜에요? 하는 듯한 내 눈길에
어머나! 어머— 어머
감탄사를 연발하던 그이
그날 그때 그이는
천사를 만났노라고 보았노라고 두고 두고 말했었다
김순희. 나이 일흔의 소녀
꽃 좋아하고 꽃 사진 찍기 좋아하고
스마트폰 카친이라나 뭐라나 나도 적지 않게 가진
느낌 오는 풍경과 사람에 감탄 감동 자지러지는,
나보다 더했으면 더했지 덜하지 않은 사람
일테면 우리는 같은 과였던 것
그날 이후 꽃자리로 드나들기 시작한 그녀는
내가 '내 마음의 풍금'을 좋아하게 된 이상으로
대촌집 모두의 꽃자리를 사랑하게 되어서는
먼 길 마다 않고 버스 타고 버스에서 내려서도
이십여 분을 걸어

우리집 오가기를 즐겼었다, 즐기고 계시다
그이는 타고난 이야기꾼이었고
이야기꾼은 자신의 이야기를 들어 줄 이가 필요했기에
우리가 만나질 때마다 그이의 살아온 내력이 끝도 없이
풀려나왔고, 나는 단 한 사람 청중으로 듣게 되는 그네의
이야기가 너무도 재미지고 생생하고 아까웠다
만난다고 듣는다고
숨김없이 털어놓는다고
어찌 한 사람을 제대로 안다고 이해한다고
장담할 수 있을까 마는
그녀는 내가 건넨 첫 시집의 시편들 중 두어 편에
분에 넘치는 감탄에 공감을 하며
많지도 않은 나이에(그녀는 나보다 11살이 많다)
어찌 그런 사랑의 감정을 알고 그렇게 쓸 수가 있었더냐고
거듭거듭 감탄이었다
그래. 그이는 누군가를, 한 사람을 그렇게 사무치게
아프게 사랑했던 것이다
일흔의 나이에도 어쩌던 영영 눈감는 그날까지 잊을 수 없고
지울 수 없는 한 사람의 기억을
너무도 생생히 세세히 기억하고 가슴에 쟁여둔 새겨둔 그녀
그녀에게 말해야겠다
풍금님
제게 들려주지만 말고 그 이야기 쓰셔요
혼자 듣기에는 너무 아까운 그녀 살아온 이야기

사랑했던 이야기
사랑을 떠나보낸 이야기…
누군들 누구인들 자기 이야기 자신의 역사 자신만의
사랑얘기가 없으리마는
사람들은 막상 쓰기를 어려워하고 두려워하기까지 한다
왜인가?
내 결론은 '잘' 쓰려고 '근사하게' 포장하려고 해서이다
그래
그녀에게, 풍금님에게 말하자
잘 쓰려고 말고
누구한테 보인다 생각 마시고
저한테 얘기한 그대로를 그냥 입말로 쓰셔요
언젠가, 아니 머지않아 그네의 이야기가 책이 되고
여러 사람에게 다가가 읽혀지기를…
그날을 고대하며
내 일흔의 벗 풍금님을 떠올리는 저녁

손

― 소야

대구가 고향
얼굴처럼 말본새도 뽀얬다
꿈도 맵시도 남달랐던 능금 아가씨
인생길은 꿈과는 달라서
상관없어서 안개 속 오리무중
나이 차면서 자주 제풀에 웃고 제풀에 울었다
좋아도 울었으니
웃는 날보다 우는 날 우는 때 더 많았으리
3개 국어 유창도 하여
이 나라 저 나라 넘나든 몇 번의 연애도
깨고 나면 허방이었다
그러다가 그리 날갯짓 해쌓다가
진짜 서방님은 도사 할아버지
마흔여섯에 아버지뻘 되고도 남는 도사님더러
여보 여보오― 다정히도 부르며
이제 정말 편안하다고
지금이 제일 행복하다고
능금 같은 볼웃음 웃는 소야
비닐하우스 지붕 아래 강아지 복길이 말동무 삼고

병아리떼 종종걸음에도 깔깔대며
자다가도 끼니 챙기는 삼식이 도사님
쓴 말 군말 한마디 없이 시봉하는
아직도 섬섬옥수
희고 고운 손을 가진 소야
얼굴보다 마음이 더 살뜰하고 고운
아오리 갓 딴 풋사과 같은

헤어지면서 그녀는 예뻤다
예뻐서 슬펐다
웃고 있는데 꼭 우는 듯한 그녀의 눈웃음
내 전생의 따님 소야

유감

FM이 잡힙니까?
예
이사가는 데마다
에프엠이 잘 잡혀서 너무 고맙고 좋아요
우리집에는 에프엠 안 잡혀서
잡아 보려고 별 수단 다 쓰는데
그러게요
오래고 오랜 돌담
그 돌담 허둘지 않았으면
사시사철 돌담이 들려주는 노래
에프엠 이상 가는 자연의 노래
공으로 들을 텐데 말예요
당신이 밥 먹고 사는 음악도
내가 넘보고 섬기는 시도 그 돌담에 다 있었는데
돌담이야말로 시요 음악인데
새집에 안 어울린다고 허물어야 한댔다는
설계사 핑계 대는 당신이나
돌담 자랑만 늘어놓았지
정작에 그 돌담 허물어질 때

사생결단 지키지 못했던 나나 오십보백보

삼월, 봄
영원한 것은 없다는 진리를 아프게 되새김질하며
그나마 잘 잡히는 에프엠 음악방송을
주구장창 들으며
겨우내 얼었던 가슴을
쓸어내리며 어루만지며

입춘제

새해 들어
한 달 내내 가슴을 앓았다
이대로 가다간
미쳐버리거나 쓰러져버릴 것만 같다고
누군가에게 하소연하고도 싶었다
겨우내 가물고 가둘어
목타던 대지마냥 나도 그렇게
간절히 간절히 목말랐었다 가슴 아팠다
그랬는데
그랬는데
오늘사 알고 보니
봄 오시려고 그랬던 게다
무엇인가 누구에게인가 모르게
절로 앓아진 가슴앓이 그것
그 애태움 봄앓이였던 것이다
때맞추어 비님도
감로수로 내렸다
그 헤아릴 길 없이 깊고 아프던 설움 뒤의
설레임 또한

오늘 입춘날이 주어지려고
그렇게 봄 신명이 잡혔던게다
남녘 바다를 드리운 산자락 생강나무꽃 무더기로 벌고
내 설레임 내 부름에 응답하여
매화도 피었다
봄이다!

인시

우주의 기운이 가장 충만할 때

오늘이 시작되는 때

아주버님과 동서가 꿈에 보였다

남편이 어느 섬엔가 같이 가자다가

몸이 안 좋아 도로 왔고

어린 딸이 오래 얼굴을 씻는 내 곁에 있었다

뒷걸음치려고 하는 아이에게 위험하다고

계단을 조심하라고 일렀던 것 같다

아주버님은 다시 오겠다며 떠났다

교정지는 아직도 오지 않았다

호사다마란 말도

십 년 전의 난도질당한 산문집의 표지도 떠오른다

그저 날마다 쓰고

조심조심 고요히 살아야겠다는 생각이 든다

김서령의 '여자전' 속 기공사 윤금선 씨가 살아있다면

만나고 싶고, 그에게 기공보다 나아갈 길을

가르침 받고 싶다는

생각이 책을 읽으면서 확연해졌다

국화꽃 오래 들여다보기

채식하고 한 끼 먹고 햇볕과 천지간의 에너지를
온 몸 온 맘으로 모시며 만물을 스승 삼고
감사와 기도로 살기
곡비 속의 희야도 엊그제 보낸 한혁이도 내가 그렇게 살기를
그리 살다 오기를 바랄 것이다
나무에게 나에게 부끄럽지 않은 글 모음집을 내자
내가 몸 담고 있는 터전 가고 머무는 자리 남편과 아이들
이웃과 친구들 오가는 길손들을 잘 모시고 돌아보면서
그 하루를 순간들을 날마다 쓰자
인시
오늘의 기운을 온 몸 온 맘 온 영혼으로 받는다

종이배 사랑

톳마루 아래 축담
축담 한 켠에 늘 한자리를 차지한 빨랫대
그 빨랫대 아래
지난 시월부터 흰 종이배 두 척이 놓여 있다
배의 꽁무니가 벌어진 한 척
물 먹어서이다
그날
라미 커플이 꽃자리로 가을 나들이를 왔던 길에
라미의 약혼남 진태가 만들어서
돌확의 물에다 띄우고 간 종이배
선생님 이 배 없애지 마세요
그래
빨랫대 아래 질그릇째 담겼던
어디 어디서 온 조가비며 돌멩이들 다 누군가에게로
어딘가로 보내고 없는데
반파된 종이배 한 척과 멀쩡한 또 한 종이배는
겨울잠 자듯 나란히 다소곳이 있다
두 살 아래의 진태를 결혼할 남친이라며
꽃자리로 데려와 인사시킨 것은 일 년도 더 전의 일

선생님 우리 결혼할 거예요
가누지 못하는 고개를 삐그덕 흔들며 주억거리며
그 발표하면서 선언하면서 환하게 눈부시게 웃던 라미
감동, 이를 데 없이 기쁜 소식이었다
그런 라미와 진태는 그날 이후로
거의 매달 꽃자리로 나들이를 왔었다
김해에서 통영까지 장애인 콜택시를 불러 타고 오는
그들을 위한 밥상을 차리고
군입거리 챙기며 내가 더 행복했다
언제 식 올릴 거야? 내가 가서 축시 낭송할게
선생님 주례 서 주세요
주례는 내가 어찌… 니네 다니는 교회 목사님한테
서 달래야지
저는 선생님이 주례 서주면 좋겠는데
아니야 나는 시 낭송 할게
그럼 그러자고 라미 허락 떨어지고서
내가 더 고대고대 기다린 일 년
라미는 뇌 병변, 진태는 지체 장애
둘은 올 때마다 커플 귀걸이를 하거나
커플 반지를 끼고 오기도 머리염색도 같은 색으로
휴대폰도 케이스도 똑같은 거 가지고 와서
번갈아 가며 나까지 끼워서 행복한 사진을 찍고
진태는 내게 시 공부를 시켜달라고도 했다
실제로 두어 번은 시 같은 것을 쓰기도 했는데

진태 글쓰기를 옆에서 지켜보는 라미가 더
흐뭇해하고 행복해 보였다
오는 봄에는 하겠지
라미도 나처럼 오월의 신부가 되려나
진태는 라미의 손발이 되고
라미는 진태의 머리가 되겠구나
라미는 부모가 없지만 이모가 있고
진태는 엄마는 없어도 아버지가 계시다고
그 아버지의 허락도 받았다고
지난 가을에 왔을 때는 그 소식 전하며
라미 얼굴 어느 때보다 더 어여뻤는데
진태가 만든 흰 종이배 두 척
나더러 없애지 말라고까지 당부하고 갔는데
그래 나는 라미와 진태의 종이배 사랑을
그 둘의 만만치 않을
그러나 세상 어느 커플보다 더 귀하고
아리따울 결혼이라는 여정을 혼자 그리며 설레었는데
진태가, 라미의 진태가 아프단다
많이…
물 먹은 종이배 옆에 나란히
또 한 대의 말짱한 종이배
종이배를 보며 라미와 진태를 떠올리는
봄이 머지않은 이월 하루

귀남이는 농부다

오뉴월 가뭄 끝 단비가 내리는 날

마침 지인의 차편이 있어 남해 보리암 가는 길

그와는 서너 차례 보리암에 간 적이 있고

그 길 도중에 귀남이한테도 들른 적이 있어

오늘도 가는 길에 귀남이네 들르자 한다

내가 가고자 하는 곳 내가 하고자 하는 일이면

그곳이 어디이건 무엇이건 즉시에 "그러면 좋겠네"

"그것 참 좋은 생각"이라며 흔쾌히 따라주는

그이의 차에 나는 집에 있는 라면 토마토 꿀을 챙겨 담는다

가는 길에 귀남이가 좋아할 군입거리 한 가지 더

사야지 마음먹으며

비가 와서 참 좋은 날

가는 도중에 비가 개여서 또 좋은 날

언제 봐도 아름다운 삼천포 남해를 잇는 길 위에서의 풍광

오늘은 드물게 바닷길도 드러나

나는 몇 번이고 경탄을 금치 못한다

이동면 봉곡리

귀남이네 철대문은 잠겨 있지 않았다

추녀 아래 귀남이 옷이 널려 있다

귀남아아~ 부르자

마당의 작은 밭둑에 쭈그려 앉았던 귀남이

검정 뿔테 안경 낀 잘생긴 얼굴이 쑥 올라온다

귀남이는

양배추 잎사귀에 달라붙은 배추벌레들을

일일이 손으로 잡아주고 있었던 거다

아아. 선생님!~

귀남이가 웃는다

나는 마려웠던 오줌부터 누고

가져간 빵이랑 토마토 썰어 담아낸다

앉자마자 귀남이는 앞마당의 남새들 이야기를 한다

양배추에 벌레가 너무 많이 생긴다고

지인은 귀남이 말끝에 "나는 작년에 배추 농사가

아니라 나비 농사를 지었다"고 덧붙인다

벌레가 생기는 것도 좋은 일이라는 거다

개집에 자그마한 털복숭이 개 한 마리가 엎디어

우리를 쳐다본다

해피란다

새끼를 가졌다고… 밥도 빵을 줘도 잘 먹지 않는단다

입덧을 하나 보다고 내가 말한다

그래도 내가 크로와상 뜯어

냉큼 "해피야" 부르며 다가가니

해피는 언제 풀 죽고 늘어져 있었냐 싶게

새삼스런 생기로 다가와 꼬리를 흔들고 앞발을 뻗어

내 무릎에 오르려 하고 손을 핥기도 한다
그리고 빵도 뱉었다가 달게 다시 먹는다
아이구 아이구 나는 좋아라 한다
해피한테서는 냄새가 많이 난다
희고 노란 털 속에는 동물의 피를 빤다는 검정 딱지 같은
벌레도 박혀 있다
해피 해피, 엄마 되고 싶어? 엄마 될 거야?
내가 묻고 내가 답하면서 해피랑 노닥거리며
쪼그려 앉아 있자
지인은 그 벌레 나한테도 올라붙을 거라고 너무
지체하면 보리암 오르기 곤란하다고 가기를 채근한다
해피 잘 있어, 귀남아 갈게, 불과 이십여 분이었을거다
귀남이는 그동안 내내 농사 얘기를 했다
아, 귀남이의 텃밭
가지런히 실하게 잘 자라고 있는 토마토 가지 양배추 고추
게다가 수박까지…
귀남이는 농부네! 나보다 백배 낫네
귀남이 대단해, 귀남이 장하다!
귀남이한테서 부레옥잠 뿌리 두 개를 얻어 차에 오른다
걸음을 휘청대며 따라 나오며 귀남이 스치듯 한 마디
"가지 마세요" "여름에 꼭 오셔요"
지금이 여름인데… 그래 유월 지나 칠팔월 늦더위 지나
감이 익어갈 무렵에 그때 와야지
그때 와서 귀남이네 마당에 감도 따먹고 운이 좋으면

옥수수도 쪄 먹을 수 있을라나 한다
귀남이네 작은 철대문 나서기 전 해피 냄새가 난다
밤중에 집에 와서까지 잠자리에 들 때까지 나에게
귀남이랑 해피가 귀남이의 텃밭이 고스란히 담겨 있다

쑥 따러 가요

장날 시장 한 바퀴
얼라
쑥이 나왔네
뭐 온실에서나 부직포 덮어씌워 키운 거겠지
짐작으로 지나치는데
그새 내 반갑고도 또 시큰둥한 기색을 알아챈 아주머니
"아지매, 쑥 사 가소. 이거 노지거라, 욕지도"
욕지도란 말만 귀에 담긴다
몇 해는 거제도 비진도로
서너 해 전부터는 만지도로 나는 쑥 캐러 가는데
아니 따러 가는데
정월 앞둔 섣달의 쑥은 눈 씻고 봐도 찾기 어렵다
절기로는 입춘이 되기도 전이니
햇쑥 만나기가 하늘의 별 따기
그래도 무엇이건 간절하면 찾아지는 법
나는 집에서 무시로
햇볕이나 잠을 보약이라 노래 부르며
잠과 햇볕을 먹으며 사는 사람이고
내 남편은 나보다 햇볕바라기나 잠이 부족한 사람

그렇다고 날이 날마다 영양가 있는 음식을 먹는 것도 아니고

풀 위주의 밥상에 인이 배기다시피 한 차까지

줄창 마셔대는 사람이 그이니

오직 건강관리라고는

아침마다 잠자리에서 일어나자마자

머리끝서 발끝까지 온몸을

두 손으로 스스로 지압하고 두드리는

옛 선비들의 도인법에 두어 가지 요가 자세를 더하는

무려 오십 분이 걸리는 운동을 하는 것이 전부인 남편에게

내가 유일하게 해 타치는 약이

입춘 전의 쑥국이다

옛말에 정월 대보름 전에 쑥국 세 번 먹으면

문지방도 못 넘는다 하고

삼월이면 흔전만전 사방이 쑥밭이 되는 촌에 살면서도

정월 대보름 전 아닌 입춘 전의 쑥은 참말로 귀하다

그래서 섬으로 간다

통영보다 더 아래 남쪽으로 거제도 비진도 만지도

그야말로 야생의 햇쑥을 불로초 구하듯이 찾아가는 셈

나는 이따금 남편한테 말한다

여보야 당신 일 년 내내 감기 안 들고

병치레 안 하는 거 쑥국 보약 먹어서 그래

맑은 것, 딱 된장 한 술에

애기 쑥만 넣어 한소끔 끓인 국을

나는 먹지도 않는다

약이 안 될까 봐…

나만큼 남편도 그렇게 믿어주면

틀림없이 입춘 전의 쑥국은 더할 나위 없이

귀하고 특별한 보약이 될 것임을 나는 믿고 또 바란다

일월도 스무날이 지났다

입춘이 꼭 보름 남은 섣달 열엿새

저물녘을 지키고 앉아 생각한다

그나저나

올해는 욕지도에 봄이 먼저 오셨나

욕지도 어디냐고 시장 아줌마한테 물어보면

쑥은 사지도 않고 물어본다고

핀잔만 줄 테지, 욕지도건 만지도건

더 늦기 전에 낼모레

마음을 내어

남쪽 바다로 섬으로 쑥 따러 가야겠다

마음 가는 데 시간 가고 돈 간다는 것은 내 오랜 지론이다

내 마음은 그러니까 결국 남편한테 가 있다는 것

고엽 시인의 시구절처럼

'당신 하나로 하여 아직도 낮입니다' 아니겠는가?

참사랑

소나무 향이 은은한 침상에서 첫 밤을 보내고
아침을 맞았습니다
오늘의 첫 음악으로 듣는
중세의 베네딕트 수도원 합창단이 불렀다는 노러
'참사랑이 있는 곳에'
참사랑, 진짜 사랑
침상을 들이느라 대청소를 한 작디작은 토방
겨우내 창을 가렸던 바람막이 커튼도
봄맛 나는 산뜻한 천으로 바꿔 달고
날씨도 풀려서 삼월도 하순
장장 아흔 해 넘은 집의 사랑방이 신혼방마냥
화사해지고 쾌적해졌습니다
어제, 반나절 넘도록 자재를 날라오고 송판을
자르고 끼우고 붙이고
나 자다가도 일어나 책 읽고 글 쓸 수 있게
머리맡 책꽂이에 등까지 밝히는 수고를 아끼지 않은 믁사님
우리 집 뒷산 진달래길 걸으러 오면서
내가 하필 아침에 떠올린 상추, 당귀, 치커리 모종을
사다 안기고

처음 뵙는 목사님 수고하신다고 노산 밥집 가서
점심까지 대접해 준 친구 부부
내가 좋아하는 요거트 한 아름 사서 전하고 간
친구 정선이…
어제 나에게 참사랑 참 우정을 몸으로 가르친 사람들
그이들이 내게 베푼 가르친 참사랑이 녹슬지 않도록
나 가고 머무는 자리 마다를 참사랑의 마음으로 살라고
이 아침이 하루가 저에게 허락된 것일 것입니다
고맙습니다
어제의 당신처럼 오늘의 나
참사랑의 오늘을
살겠습니다

첫 독자

아침에 쓴 따끈한 글을
따끈한 목소리로 언니한테 읽어 주었습니다.
그래, 우리 막내가 인자 명품 글을 쓰네
근데 그 목사님 교회 나가서 안수받아야 돼
때가 있겠지 언니야
교회 나가기보다 방금 읽은 글처럼 참사랑으로 살려고 해
알았다 아먼—
매일 단 하루도 거르지 않고 새벽기도 구국기도하는
언니처럼
나는 매일 쓰고 매일 말대로 글대로 살려 하는 사람
우리는 자매지만 많이 다릅니다
언니는 춤도 노래도 운전도 낚시도 수준급에
팔도 곳곳에 둥지 틀고 살다 이제 정말 늘그막 보금자리
삼은 곳이 전라도 군산
나는 고향 떠난 적 없이
양친 여읜 스무 살 적부터 내 수중에 급할 때 탈 택시비
정도만 있으면 만족하고 살리라 맘먹고
결혼 사십삼 년 지나도록 가난한 지아비를 따라
지아비보다 더하게 내가 자청한 불편과 가난을 사는 사람

종교는 어떤 것이든 제대로 잘 믿으면 다 좋다 하고

무슨 무슨 교의 신자보다 종교적인 삶을 살고 싶어 하는 사람

살아온 세월이 너무 달랐지만

그래도 우리는 같은 부모 유덕용 김복연의 유전자를

물려받고 피를 나누인 자매이지요

언니는 근래의 나에게

엄마이자 친구이며 무엇보다 독자

내 책, 내가 쓴 글을 누구보다 좋아하고

읽고 들어주고 공감해 주는 우리 언니

나 부를 때 언제나 막내야 막내야 부르는 언니

언니가 베드로 아저씨 멀리 보내고 이제는 기초수급자에

독거노인에 장애등급까지 받아서

며칠 전부터는 요양보호사가 온다고 그 소식 전하면서

기뻐하였지요

우리나라 좋은 나라라고 감탄하고 칭찬하였지요

어쩌면 우리 자매의 닮은 점은 긍정과 감사라는

생각이 듭니다

여든두 살에 돋보기 없이 성경 읽고

더운물 팡팡 쓸 수 있고 에어컨까지 딸려 있는

원룸아파트에 언니가 살고 있고

에어컨은 아예 없고 선풍기 돌리는 전기세도, 기름

한 방울도 아끼며 사는 내가 날마다 쓰지 않을 수 없는

글을 써서 전화로 언니에게 낭독하는 일

첫 독자, 유수자 언니는 유귀자 막내의 첫 독자랍니다

언니의 하나님
당신 보시기에도 나쁘지 않을 이런 자매애를
저희가 조금 더 나누일 수 있게
오늘도 또 내일도 언니와 저를
지켜보아 즈셔요 응원해 주셔요
고맙습니다

팔자다 팔자

종현산 진달래를 따서 어머니께 갔습니다
주무시던 어머니
내 기척에 벌떡 일어나
니가 누고?
어머니, 저요, 죽 써 온 딸
우레기야 니가 만다꼬 이리 나한테 잘하노
이거는 뭐꼬? 샀나?
따 왔지예, 골라야 됩니다
진달래가 핏더나 오데 가서 땄노, 도남동에 많은데
그래요, 엄마, 도남동 가서 땄십니다. 같이 골라까예?
은냐
진달래 꽃잎 소복한 소쿠리 가운데 두고
우리는 그렇게 꽃 고르기 하였습니다
우레기야. 나가 늙어서 죽을 때가 돼서 갚을 수도 없고
우짜노? 우짜든지 건강하고 복 받아라 건강이 젤이다
아흔여덟 공연 어머니
뼈만 남았어도 참 총명도 강건도 한 어머니
평생 농사짓고 누비질하고 살아온 긴 손가락으로
돋보기도 쓰지 않고 고른 꽃잎

찹쌀 반죽해서 손바닥 크기로 지져 낸 꽃지짐

엄마 잡숴보세요 자, 아아—

어머니 얼른 물컵에 담겼던 틀니 끼우더니

아— 아이마냥, 홀랑한 입술을 크게 벌립니다

니도 무라, 옛날 맛이네 옛날 맛

올해 처음으로 내 손으로 따고 어머니랑 같이 골라서 구운

꽃지짐 단박에 두 장 드시고 그리고 한 입 더

인자 고만 물란다 요게 놔도라 난중에 무께

근데 우레기야 니가 참 자상하다 인정시럽다

팔자다 팔자, 머한다꼬 이라노

어머니 아까참에 꺼냈던 만 원 지폐 한 장 또 꺼낸다

안정 갈라쿠모 한 시간이다, 멀다 차비해라

작다꼬 그라나?

어머니, 저에게 우레기라 불러 주는 당신이

있는 것만으로 저는 복된 사람

어머니 진심 어린 덕담처럼 저도 건강하겠지만

어머니도 건강하셔야지요

세 번 네 번 자식들 늘래키며 황천길 가실 뻔 했어도

다시 거뜬 거뜬 살아난 불굴의 어머니

엄마 또 올게요

저녁밥 묵고 가라

차가 잘 없어서 어둡기 전에 가야 해요

어머니가 거실창을 열고 빠이빠이 하신다

나도 두 번 세 번 돌아보며 빠이 빠이

어머니 팔자

내 팔자

우리는 모두 팔자를 산다

거역할 수 없는…

어쩌면 우리 스스로가 불러들이고 만든 팔자를 살면서

우리 이리 만나고 연을 잇고 있으니 이 또한 팔자일세

그나저나 날마다 일구덕인 내 후배이자

공연 어머니의 막내 따님인 미란네

일복 많은 것도 팔자라면 팔자겠지

아우님!

퇴근하면 부엌에 찹쌀 반죽해 둔 걸로

꽃부침 한 장 부쳐 드시게

영운리 종현산에 올해도 어김없이 무장무장

피어난 진달래 봄맛 보시게, 수고 많네

백 살 낼모레인 친정어머니 거천에

시어머니까지 땡! 하면 미란네 미란네만 찾으신다 했으니

그 또한 아우님 팔자인가 보이

2부

최소화시키세요

책 읽고 글 쓰는 게 제 일인데
집안일도 다 고개를 숙이는 일이고…
최소화시키세요
……

마음이 단박 어두워졌다
밝게 밝게 지내고 고개를 숙이지 말라는 얘기는
진료 때마다 들어온 말
최소화라?
최소화시키랬는데
읽고 싶고 읽어야 할 책은 왜 이리 많고
보고 싶은 영화는 또 왜 이다지 줄줄이 떠오르고
쓰고 싶은, 써야만 할 것 같은 이야기는 어쩌라고
이렇듯 시도 때도 없이 가슴으로 목까지 차오르는지…
그뿐인가
내 손이 가야만 하는 집안일은 한가위를 앞두고 더 많다
하루에 서너 시간 쫓히면 예닐곱 시간을 줄창 읽던
책 읽기를 두 시간 한 시간으로 줄여 본다
매일 같이 걸레질하던 툇마루며 부엌 바닥을
이틀 사흘에 한 번 훔치기로 한다

극장 출입은 삼가고 그나마 USB로 보던 영화도
아쉽지만 일주일이나 열흘에 한 번쯤만 보기로 한다
음악이사 언제나 배경으로 두는 것
그렇지만 글은? 글쓰기는?
집의 나이 백 살이 될 때까지 집과 더불어
십 년쯤은 더 살면서 하고 싶은 쓰고 싶은 이야기가
줄줄이 많기도 한데…
오늘은 잠에서 깨자마자 왼쪽 눈의 낌새가 심상찮더니
눈곱도 끼어 있었다
'최소화시키세요'
급성 녹내장이 올 확률이 높다고
피치 못해 홍채에 구멍 뚫는 시술을 한지 4년째
석 달에 한 번 정기검진을 받고 있는
선생님의 목소리가 따라온다
긴장과 스트레스
내면 깊숙이 도사린 저항심리가 녹내장 백내장을 부른다는데
이미 그 경고가 증상으로 드러났는데
나는 그동안 무슨 일로 긴장하고 스트레스를 받고
어디에 누구에 무의식적으로 저항하는 것인가?
블루베리도 홍삼도 당근, 루테인도
마음을 다스리지는 못할 것이고 모든 병증의 바탕에는
마음의 작용이 도사리고 있을 터인데
살아온, 사는 모든 일이 나 하나 마음먹기라고
하루에도 몇 번씩 일체유심조를 떠올리고

하루에도 수십 번 자비경을 바치면서도
내 마음공부는 아직도 이만 일로 이만큼씩이나 자극 받고
흔들리는 수준이란 말인가
수준? 혼자 묻고 혼자 우스웁다
개뿔
눈뜨는 아침이 기적이라 쓰지 않았나
살아 숨 쉬는 일상이 지복이라 생각하고 믿고 말하고
그 진심을 누누이 글로도 쓰지 않았나
내가 아직 덜 급한 것이다
죽을 때까지 깨우치고 또 깨우쳐도 끝이 없을 공부
그래
몸이 이르는 것이다
문제도 답도 내게 있다고
공부니 성장이니 씨나락 까먹는 소리 말고
생각도 글쓰기도 내려놓고 '지금'을 살으라고
마음보다 더 정직한 몸의 경고를 따라
말도 글도 덜어내고 줄여서
보다 더 단순해지라고 간결해지라고
최소화시키라고

잘 죽기를

9시 막 지났는데
계세요?
목사님이 침상 만들 자재를 날라 왔습니다
편백 침상을 원했는데
통영에도 고성에도 편백이 없어 그냥 미송을
구해 오셨다네요
소나무 아닌 미송 침상
오늘부터 나의 잠자리가 되어
죽을 때까지 밤마다 내 몸을 뉠
저녁예배도 있는 날인데, 나는 신자도 아닌데
다만 우정으로 부러 시간을 내어서
아침 일찍 고성까지 가 자재를 구하고
맞춤한 길이로 나무를 잘라 싣고 온 목사님
네 시간가량 걸려서 완성된
책꽂이에 머리 등까지 달린 세상에 하나뿐인 침상을
만들어주신 목사님
머리칼에도 발에도 하얗게 톱밥 눈 묻히고
말끔히 뒷정리까지 해주고 가신 목사님
이 무슨 복이요 인연인지…

아무 소득 없는 일을 기꺼이 맘 내어서 몸을 아끼잖고
뚝딱뚝딱 감쪽같이 해내시는 목회자
세상에 교회도 목회자도 쌔고 쌨는데
겸손하고 착하고 어질기 그지없는 사람 정희철 목사님
그이가 만들어준 세상에 단 하나인 침상이
저만의 향내를 뿜으며
날 기다립니다, 나처럼 밤을 기다립니다
나는 이제 저 향기로운 사랑의 침상에서
날마다 밤마다 무슨 꿈을 꾸고 어떤 꽃잠을 잘는지…
오늘도 그저 고맙고 고맙습니다
이 감사를 잘 지녀서
잘 살아서 목사님처럼 사랑의 나눔의 마음을
잊지 않고 행하며 마침내
잘 죽기를 꿈꾸어보는 저녁입니다

내일 말고 오늘

어제 한낮 시작된 비가 아침이 와도 좀체로 그칠
기미 없습니다
바깥일 마당 일을 못하니 오늘은 실내에서 몸 쓰기
라디오를 틀어두고 싱크대를 열었습니다
맨 위 칸에 십수 년째 보자기에 싸인 채 자리한 발우 한 벌
수저까지 딸린 발우를 말끔히 씻어서 엎어 둡니다
그래, 발우를 쓰는 거야
어제도 산지 얼마 되지도 않은 고급지고 아름다운
접시를 두 개나 깨뜨리지 않았나
옻칠된 나무 그릇 나무 수저
내가 나를 모실 밥그릇으로 그만입니다
안성맞춤이란 이런 것을 두고 하는 말이겠지요
의자를 놓고 올라가 물기를 꼭 짠 행주로
두 칸 선반을 훔치고
내친김에 가스레인지까지 닦고 나니 7시 50분
필터를 간지 4개월이 훨 지난 브리타 정수기의
필터도 갈아 끼웠습니다
보자아…
밥그릇은 손님용까지 네 개 국 그릇 세 개

접시는 다섯 개 뚝배기가 두 개 수정과나 죽을 담는
손바닥 만한 투명 그릇이 여섯 개, 면기 세 개, 샐러드 접시
하나에 뚜껑 달린 찬그릇이 세 개 수저 여섯 벌
냄비 세 개에 프라이팬 두 개 이런저런 용도의 컵이 열두 개
2인용 전기밥솥에 꼭 그만한 압력솥이 하나…
부엌살림이래 봤자 스무 해 넘게 고만고만 오밀조밀
더하지도 덜하지도 않는데 전자레인지도 김치냉장고도
없는 부엌은 내 눈에 언제나 가득 차 보입니다
그래서 그래서 자주 생각하지요
무얼 채우고 들일지가 아니라 무엇을 덜어내고 비울지…
이 작고 남루한 부엌을 나 얼마나 좋아하는지요
좋아했던지요
둘이 서면 꽉 차버리는 이 부엌에서 얼마나 많은
밥상이 차려졌던지요
딸 친구 남편 친구 내 친구 길손들 선배와 후배와 할머니
할아버지 소년 소녀들에 작은 꼬맹이 손님까지 성직자
작가 예술가 장애인 친구들 우체부 아저씨까지…
적지 않은 나라와 직업군에 걸친 사람들을 위한 밥상을
차리면서 그때마다 내가 더 배부르고 행복하였습니다
그랬습니다
이 부엌, 이 집에서 사십 대 초반부터 거의 삼십 년 세월을
살아내고 스스로 장하고 흐뭇했는데
이제 나이 든 탓인지
지난해는 몸도 마음도 번아웃 상태로

거의 밥상을 차리지 못했는데
아, 이 봄에 나는 다시 밥상을 차리고 싶습니다
사서 먹는 외식 말고 그야말로 간소해도 사랑의 우정의
마음이 담긴 정갈한 밥상을, 준비하면서 내가 더
기분 좋고 생기로워지는—
된장찌개 뚝배기 하나에 머위 달래무침 두어 가지라도
가난하지만 깨끗한 밥상
꽃을 선물하면서 아—내가 받고 싶어—하던 그런 마음처럼
위장보다 먼저 아, 대접받고 있구나—싶은
그런 기분이 드는

그러기 위해서는 내가 나를 먼저 모셔야겠지요
그러니 내일 말고 오늘
새 발우 새 수저에 나를 위한 끼니를 차려야겠습니다
나인 당신의 밥상을 차리기 위해서
먼저 당신인 나의 밥상을 차리겠습니다

내일 말고 오늘 2

책상 앞 데모지에는 닷새간의 할 일이 적혀져 있습니다
농협 가서 동전 바꾸기
소연이에게 엽서 보내기
공연 어머니 문병하기
·
·
·

일정표
반복되는 일상 같아도 사실 우리가 사는 하루들은
단 한 순간도 똑같지 않고 평범하지 않다는 생각이 듭니다
날마다 다른 내용물로 채워진 선물 상자 같은 하루
어딘가에는 삼월의 함박눈이 내린다는데
우리집 뜨락에서는 매화 진 뒤의 살구꽃이 피자마자
지고 있고
꽃을 맞이하고 보내듯 이곳에서 아침을 맞이하고
저녁을 맞이하는
그 사이사이 이어지는 하루의 몸 쓰기 마음 쓰기
하루의 생각과 언행과 만남
봄처럼 꽃처럼 피고 지는 하루하루를

이런 봄이 이런 하루들이 영원히 계속되지 않을 것이기에
오늘은 오늘뿐이기에 오늘이 더 새롭고 귀하고 고맙고…
샤갈이 말했다지요
삶이 언젠가 끝나는 것이라면 우리는 삶을
사랑과 희망의 색으로 칠할 것이라고
오늘이라는 캔버스에 그 색을 칠하려고 나는 '오늘 할 일'을
어제 나에게 했던 약속대로 이행할 것입니다
엽서를 보내고, 나무 값으로 일 년을 모은 오백 원
동전을 지폐로 바꾸는 일도
엊그제 이승을 하직할 뻔했더라는 아흔여덟 살
공연 어머니를 찾아뵙는 일도
그 모든 오늘의 일이 사랑과 희망을 색칠하고
꽃피우는 일일 것입니다
그곳의 당신, 당신의 오늘 할 일은 어떤 일인지요?

다시 시작하는 날

간밤

고와서 더 애틋한 한 사람에게

따끈한 글 한 편 읽어주고 조금 울었습니다

읽어드려도 될까요

녹음해도 될까요

남편이 쓰러져 누운 지 일 년 넘도록 온갖 기막히고

황당하고 아찔하다가 몇 번을 기절하기도 한 그이가

내일은 시아버지 기일이라며 자기 전에 식혜를 앉혀 두고

내 목소리로 읽는 글을 한 번 더 들어야겠다고 말했습니다

장난질 혹은 소꿉놀이 같은 일상의 한 조각을 가감 없이

담아낸 어제의 그 글은 그이에게 아주 아주 작은 위안이

되었을까요

그 밤 지나고 달 날 아침 날마다의 첫 음식으로 더운물

마시기는 칠 년째 습관으로 자리 잡았는데

다시 봄이 오고 다시 한 주가 시작되는 오늘 나는

새 습관을 들이기로 합니다

물을 모시고 씹는 음식을 들이기 전에 공백을 두는

사십 분을 몸을 움직이는 일을 하기로

라디오로 음악을 듣고 시를 읽는 것도 좋지만 봄이 왔으니

집 안팎의 봄맞이 봄 단장을 깜냥껏 내 팔다리를
움직여서 하기로 합니다
어제 비님이 오락가락하는 가운데 자목련 아래
낙엽 더미 쓸어서 모아둔 것
쓰레받기에 담아 작은 마당을 가로질러서 살구나무랑
목련 나무 사이 빈터에 갖다 부었습니다
사월이 오면 한 뙈기도 안되는 이 작은 터는
텃밭이 될 것이므로 먼저 낙엽 거름부터…
살구 꽃잎 눈발처럼 하르르 하르르 떨어져 내리고
높다란 가지에는 직박구리 두 마리 앉았습니다
장갑 끼지 않고 일하기는 오랜만
되도록 왼손을 쓰기로 합니다
균형, 조화
뭐 그런 걸 생각하여 보는 것입니다
예전엔 글 한 편 써지면 비로소 밥값 하였노라고
스스로 흐뭇했는데
이제 몸을 움직인 뒤 밥값을 벌어야겠다고도 생각합니다
몸 쓰기와 글쓰기
두 가지를 조화롭게 잘 해낼 수 있을지는 미지수지만
어쨌든 지금은 봄
또, 월요일은 다시 시작하라고 있는 요일이라니
달날 아침을 이렇게 열어 보는 것입니다
휴— 그것도 일이라고 허리가 묵지근
그사이 삼십 분이 지났습니다

그리고는 자동으로 책상 앞으로…
자, 오늘은 또 어떤 천사를 만나고 어떤 기적으로
하루가 채워질런지요
조금은 설레면서 이만 총총
다시 시작하는 월요일의 안부를 전합니다

부추를 심었어요

비가 개었습니다
아침 끼니를 챙기기 전에
어제 마상촌 사는 농부 창온이 두고 간 부추를 심기로 합니다
통영에서는 정구지라 부르는
잡채나 전에 빠지지 않고 들어가는 부추
매운 맛과 독특한 향이 모든 볶음요리의 느끼함을 잡아주는
팔방 채소 부추
봄에 나는 나물 치고 보약 아닌 것 없지만
봄 부추는 산삼 녹용과도 바꾸지 않는다는 말이 있지요
덩어리진 부추 뿌리를 쪼개서 창온이 일러준 대로
한 뼘 간격으로
살구나무 아래 낙엽 거름 속에 묻고
물조리개로 물을 주면서 세어 보니 모두 스물세 포기
진시황이 불로초로 몰래 먹었다는 설도 있는
이름하여 노부초
이런 풀이 세상에 알려지면 씨가 마를까
노老 자를 생략하고 부초라 부르다가 부추로
바뀌었다는 부추
흰 줄기에 노란 싹 파란 잎에 붉은 뿌리 검은 씨를 가진

이 오색 채소는 날로도 먹고 익혀서도 절여서도
두고두고 먹어도 좋고 매운맛이 변하지 않는다 하여
오덕 채소라 부르기도 한답니다
장장 삼천 년 전부터 중국 서북부에서 재배되어 왔다는 부추
마늘 못지않은 강장제에다 봄의 첫 순은
백 년 손님도 안 준다는 부추
오늘 나는 이 부추를 심게 해준 창온이 동생 생각하며
멀리서 가까이서 우리집 봄 밥상을 받으러 와 줄
참 좋은 당신의 발걸음을 기다리며
부추를 심었습니다

나무 심은 날

지리산에도 비님 오시는지요?
나무를 심었어요
성근 빗발 속에서 두진, 규진, 수찬, 대진
우리 마을 네 청년이 구덩이를 파고
백목련 네 그루 벚나무 다섯 그루를 심을 때 나는
쓰레기를 주워 담았지요
페트병 캔 휴지 과자봉지 사탕 껍질 비닐 조각 스티로폼
심지어 장갑까지, 커다란 종량제 봉투가 금세 차고
그사이 빗방울은 조금 굵어져서
대진 씨가 손수레에 삽을 담으며
그만 가입시다, 비도 오는데, 남은 거는 동네 대청소할 때
같이 해야지 안되것십니다
그렇지요? 인자 막걸리 한 잔 해야지—
쥔 없는 점방집 문을 두진 씨가 제 집인양 따고 들어가
막걸리 두 병 양손에 쥐고 휘리릭 곡예하듯 돌립니다
거, 참, 그것도 재주일세
감탄하는 나더러
자— 누나 먼저, 권하는데
나는 얼른 플라스틱 말고 사기 밥그릇 챙겨서 앞에 놓으니

막걸리 콸콸 듬뿍— 다섯이서 옹골찬, 거—언—배
일부러 둘 안 주어도 되거시리 비님 오시니 날 한번 잘
받았다고
올해는 마을 들머리 목련이 참말 풍성하고
곱더라고 좋더라고
이제사 하는 말이지만 작년에 누나한테서 나무 값 받아
심었던 명자나무 풀치다가
아차차 예치기 돌리삐리서 모가지 잘라져 다시 심었더라고
인자 우리 마을에 벚나무 저만치 자라고 목련도 좋아서
먼 데로 꽃구경 갈 일 없이
우리 동네서 꽃잔치 봄잔치해도 되겠다고 이구동성
입을 모읍니다
그렇기도 하네요
김해 김씨 집성촌인 이곳 대촌마을에 둥지 틀자마자
그때의 동네 꼬맹이들 꼬셔서 심었던 나무들이 스무 번이
넘는 봄 여름 가을 겨울 지나 그 세월 동안 바람과 비
햇볕 보약을 먹고서 우람우람 자라 저리 빼어난 봄 풍경을
연출하니 말입니다
두진이 따라준 한 잔에 대진 씨 따라준 술까지
시원달달하니 막걸리 자알 마시고 나는
오늘 나무 심은 네 청년 앞에 반 배꼽인사로 감사를 전하고
'낙화' 한 수 읊겠다고 자청합니다
뉘라 반대하리요?
꽃이 지기로소니 바람을 탓하랴—

시낭송 시작하는데 잠깐 잠까안—
규진 씨가 폰 꺼내서 녹음 버튼 누릅니다— 후
은근 감성 충만인 두진이, 꽃은 필 때도 좋지만
지는 것도 아름답다고 말하고 다시 시낭송 아니 녹음 시작
낙화, 조지훈
꽃이 지기로소니 바람을 탓하랴
주렴 밖에 성긴 별이 하나둘 스러지고
귀촉도 울음 끝에…
얼라
다른 때는 낭창낭창 잘도 외던 시가 콱 막혀버렸지요
쯔쯔 옛말 그른 거 없이 하던 지랄도 멍석 펴면 못 하는 거
다시— 다아시—
이번에는 제대로, 합격입니다
짝짝짝 짝짝짝 박수 세례 받고
아까보다 더 굵어진 빗방울 고스란히 맞으며
유유자적 윗땀으로 집으로 왔습니다
그러면서 불현듯이 지리산이 화엄사 홍매의 안부가
궁금해져서 오늘의 일기 같은 이 편지를 씁니다
지리산에게도 홍매에게도 이곳 대촌의 안부를 전하여 주셔요
삼월 네 번째 해날
비 오시는데 올해도 거르지 않고 대촌의 청년들이
나무를 심으며 봄을 새 희망을 저마다의 가슴에 묻었노라고
그리하여 우리 절로 복되고 고마웠다고—

죽 써온 딸

휴먼시아 살이 열어드레째
한 시간 전에 깼는데
아들이 담아 준 노래들을 들으며 나는 조금 슬프고
조금 외로웠다
'봄날은 간다' 장사익의 노래 들으며 어머니가 생각났다
봄날은 왔는데 나의 봄날은 가고 있는 것인가
옆집의 양사장은 덕암더러 부부가 시인이라면서
법을 들먹이고 들이대더라고
시인이란 족속이 정말 싫다고 시인을 싸잡아 욕하려랬다
슬펐다, 죄없이
다만 남편 덕에 부창부수라고 싸잡아 인간 말종
취급된 것이 슬펐고
세상에 얼마나 시인 다운 참 시인이 많은데, 많을 텐데
도매급에 시인을 욕먹인 것이 부끄러웠다
어머니가 생각났다
며칠 전에도 요양보호사 시켜서 두 번 세 번
전화하셨더라는 공연 어머니
지난 이월 초, 설 전에 나 호박죽 쑤어 어머니 찾아뵀을 때
겉장이 떨어져 나간 나달나달한 수첩에

내 이름자 물어 적으실 라다가 귀할 귀— 잘못 알아듣고

에라이— 하듯 단숨에 '죽 써온 딸'이라 써버리던 그 어머니

아흔일곱

뼈뿐인 데다 백 살 코앞이어도

유모차 지팡이 도움 없이 짱짱하니 추운 날에도

손주들 세뱃돈 주겠다고 마을금고 다녀오시던 어머니

어머니는 모르시겠지

나도 공연 어머니 못지않게 어머니가 보고 싶고

걸핏하면 빼떼기죽 호박죽 녹두죽 흰죽 쑤어서

퍼 나르고 누구 멕이기 좋아하던 내가

최근 한 달은 병원에서도 죽, 요양 차 쉬는 지인의 빈

아파트에서 본의 아니게 한달살이를 하면서

호박죽이 생각나고 녹두죽 흰죽을 직접 끓여서 먹는다는 걸…

어머니

그 어머니 아흔네 살 다섯 살 그 봄에

루지 뒷산에 진달래 따러 가셨다가 미끄러져

노친네 치고 고관절 다치면 그 길로 병신 되는 거는 물론이고

여차하면 저세상 사람 된다는 거 의사도 보통 사람도

다 아는데

그날 고관절 다치고도 일주일 만엔가 퇴원하고

삼 년 지난 지금도 더 짱짱하고 총기 있는 어머니

노안도 오지 않고

지지난해까지 뜨개질에 누비질에 온갖 거 다 손수 만들어서

오는 사람 가는 사람한테 쥐여주며 아이든 어른이든

빈손으로는 안 보내던—

야아야, 사람이 일해야지 산다

오데 산다꼬? 광도면?

틀릿다. 나(나이) 들모 시내 살고 나맹치 아파트 살아야 한다

고마 내 쫕에(곁에) 와 살래?

아저씨(신랑)는 머하노?

나(내)가 헌 기 머 있다꼬 나한테 이리 하노?

지꾸져라

인자 아무 것도 들고 오지 말고 옴마 얼굴만 보로 오이라

이리 혼자 있시모 사램이 그립다 아이가—

그날도 그랬다

어느 누구도 빈손으로 보내는 법 없는

염치, 경우 9단 어머니

마을금고 다녀오는 길에 이우지가 주더라는

참지름(참기름) 한 병

굳이 사양해도 또 있다 또 있다 하며

기어코 내게 안기고, 아가 버스 타고 가거라—

만 원 지폐 한 장 뼈만 남은 긴 손가락에 끼워서는

문 앞까지 따라 나오던 어머니

죽 써온 딸

그 어머니의 수첩에

어머니의 글씨르 명명된 나의 정체성(?)이

얼마나 흐뭇했던지

환승하고도 사십 분이 걸리는 버스를 타고 오면서도

나는 기꺼웠다 좋았다

새벽참에 난데없이 어머니 생각다가 조금 슬프다가

딴엔 조심조심 옆으로 몸을 돌려(이즈음의 나는 환자다.

척추협착증, 골다공증, 우울증이래나?)

돌침대서 내려오다가

에쿠쿠― 굴러떨어져 왼쪽 무릎이 침대 아래에 두었던

소반에 받치고 말았다

아프다!

잠시― 숨을 고르고

나이 들면 침대에서 잠자리에서 자고 일어날 때

조심 또 조심하란 말

자칫하면 아차 하면 다치고 그 길로 갈 수도 있다는

말 생각나고

아흔다섯에 진달래 따러 가 고관절 다치고도

거뜬히 살아나 백 살 코앞인

우리네 시원찮은 딸들보다 더 매착 있고 총기 있고 건강한

공연 어머니 절로 생각나는 신아침

젙으로(곁으로)와 살자더니

이 한두 달 새 나 사십이 년 묵은 울화통 다 터져서

심장병 환자 되고 우울증 환자 되고서야

바로 그 어머니 살고 계신 청솔아파트 2층을 구하였다

내 눈 감을 때까지 거두며 가꾸며

세상 모든 이의 집으로, 쉼터로 두고자 했던

산자락 그림 같은

칠십 살 옛집을 처분하고
두 아이의 눈물 땀 피 같은 돈 보태서
우선은 시골살이 힘들어하는 남편과
떠돌이 별처럼 살아온 마흔 살 아들이
청솔살이 아파트살이를 시작키로 하게 된 것
예순여덟
새해 들어서자마자 전정신경염으로 입원
등 아프고 숨차서 이곳저곳 병원 출입 근육통이니 담이니
큰 병원으로 가네— 안정이 최고네—
우울하고 무기력한 나를 두고
의견도 설왕설래도 깊더니
이제금 삼월
양한방병원 퇴원한지도 보름
어머니가 공연 어머니가
죽 써온 딸이 보고 싶다고
이제 죽 같은 거 쑤지 말고 빈손으로 얼굴 보러 오라고
요양보호사 시켜서 두 번 세 번 전화하셨더란다
딸 아픈 거 촉으로 아시는 건가?
그래요 어머니
저 당신 딸 맞아요
용돈 찔러 드리기보다 죽 쑤어 가는 거 좋아하는 딸
제 이름은 유귀자, 당신의 또 다른 딸이랍니다
어머니—

긴동댁

열흘 전쯤에 집 앞에서 만나진 외진이 모친 긴동댁이
무시 있나? 업시모 댓 개 주께하더니 오늘은 무
다섯 개
까만 봉다리 담아 왔다
커피 드실래요?
하아—(그래). 조 바라
믹스커피 한 잔 타고 남편 간식인 꿀꽈배기 표 안 나게
덜어 툇마루에 차려 냈다
사과도 드리까요?
사과? 안 물란다, 우리집에도 사 났다
설에 떡 할낍니까?
떡? 안 한다. 떡 하모 주지
작년부터 떡 안 하고 산다 아이가?
만원짜리 하나 사 났다
재빠르고 부지런키로 치면 동네서 손꼽는 긴동댁이
누구는 십억 재산이 넘도록 알부자면서
다 쓰러져가는 옛날 집
수리도 안 하고 산다고 흉보더라마는
뉘가 무어라 한들 아랑곳없고 흉잡힐 것

스스로는 없는 긴동댁
사철 내내 어느 하루 일손 놓는 법 없이
한겨울에드 새벽 세 시면 굴 까러 가서 오진 돈 넌다
작고 여위고 허리가 반으로 접혔어도
따로이 약 먹는 것 없고 일 년 가도 병원 출입
몇 번 안 하고 산다
나만 보면 집에 무슨 손(손님)은 그리 오냐고
인자 좀 오지마라 캐라. 싸캐라
머 가꼬 반찬해주노? 묻고
일주일만 안 봐도 도통 안 보이더라고
어데 갔더나? 궁금한 것도 많은 외진어멈
웃을 때면 소리내서 까르르 웃는—
쉰 넘은 노총각 외진이하고 소류지 아래
모자가 참 있는 듯 없는 듯 곱다시 엎드려서
한갓지게도 어쩌면 끈질기게도 깜냥껏 잘도나 산다
길가 남새밭에 철철이 씨뿌리고 무 배추 갈면서
행여 남의 손 탈까 두릅순 쪽감도 수시로 지키면서
거 쪼빗쪼빗하이 올라오는 기 머꼬?
이거요, 수선화요. 노란꽃 핍니다
인자 추위도 다 갔다
해가 바린께 지도(수선화도) 봄이라꼬 올라오네
그러게요, 오늘이 대한인데
억수로 춥다카더마는 통영은 이만하모 따신 편이네요
담 너머 다정도 하던 달릐어머니

와랑와랑 한 성질 하는 데다 막말 곧잘 해 싸도
속정은 누구보다 깊고 살갑던 홀리골댁이 가고 다 가고
윗땀에는 이제 적덕댁 긴동댁이 만이 어른으로
우리의 이우지로 남았다
모레면 설
어머니, 설 쇠모 몇이세요?
나? 칠십여덜 아이가
조그만 낯에 발그레 웃음이 번진다
(나보다 꼭 열 살이 많구나)
꿀꽈배기 와사삭 잘도 씹으시니
이가 좋으시네요
머시 좋아, 너무 인데 (남의 이)
아하, 틀니!
긴동댁 그러구러 한 시간 조히 놀다 갔다
욕심 좀 부리자면
십 년쯤 더 긴동댁도 적덕댁도 지금처럼 건강하게
한결같은 이우지로 살았으면 좋을레

은방울꽃 할머니

쟈자는 꼭 은방울 같더라야
수자언니 말했다
은방울, 그래
쟈자언니 못 본지 반 백년 되었지만
지난해부터 수자 동무 쟈자는 죽은 미옥이 자리를
대신하고 있다
미옥언니는 살아 마음만 꿀떡이었지 수자 보고 싶어도
멀미 땜에 까탈스런 남편 때문에 하룻밤 길도
가마득 꿈이었지
그저 이틀이 멀다고 서로 전화질로 수다 떨고
수자한테서는 생선이야 김이야 새우젓 호박고구마가
보내져 오고
미옥이는 때때 맞추어 커다란 사탕 봉지 과자봉지에
봄이면 굽은 허리로 들판 누벼서 캔 쑥 보따리
고남 갯가 수자네로 배달되고는 했다
그런 단짝이 가고, 오십 년 만에 얼굴 내민
여고 동창회서 재회한 쟈자
쟈자는 어쩌면 여고 시절 모습 그대로
똘방똘방 초롱초롱 큰 눈에 작은 키에 여든 나이 믿기잖게

참 곱게도 나이 든 태가 모두의 부러움을 샀다
수자하고는 한 동네서 살면서 유치원도 국민학교
중고등학교도
같이 다녔던 소꿉동무 쟈자
몸매까지 달라달랑 가볍기도 날씬하기도 한 쟈자는
교회 봉사활동에도 누구보다 열심이고
딸들 사는 미국 일본을
내 집 드나들듯 한 사람답게 세련된 데다
얼굴도 목소리도 귀염귀염 자근자근 오무짜 같은 친구
그 쟈자가 병문안을 다녀갔다
하남에서 서산까지 1박 2일로
쟈자 권사님의 소문난 지압술
수자야, 너 이 맛 들이면 퇴원하고도 하남 우리집에
지압 받으러 오게 될껄
근데 우리 신랑이 내가 너한테 가서 지압해 줄 거라니까
괜히 선무당 사람잡지 말라고 하더라야, 호호호—
쟈자는 웃음소리까지 예뻐 수자는 계속 감탄 연발
선무당커녕 쟈자 지압 받고 입원 일주일 만에 처음으로
밤새 한 번도 깨지 않고
꿀잠 잤다는 수자. 뿐인가, 근근이 다니던 화장실도
가비얍게 다녀왔으니…
쟈자야, 니 지압전문센타 열어도 되것다야
거 보라니까— 몸이 가벼워졌제? 한 번 더 해주께
쟈자는 말대로 다시금 수자 몸 위에 올라앉아

특별 지압 서비스 살뜰히도 해주고
오늘 비 예보에 등 떠다밀다시피 하는 수자 권유에 못 이겨
아쉬움 가득한 눈길 떨구고 병실을 떠났는데
병실 동기들 하나같이
'무슨 저리 예쁜 할머니가 다 있노?'

아! 쟈자가 다녀갔다
더운 김이 채 가시지 않은 떡 차반에 마술 같은 지압에
간이침대 쪽잠까지 마다 않고 쟈자가 꿈결처럼 그렇게
친구 수자를 문병하고 갔다
진짜 친구 진짜 신앙인 쟈자
쟈자 보내고 뒤늦게 젖는 눈시울
병실 창밖으로 후두둑 빗방울 떨어진다
나보다 약한 이 힘든 이에게 한 것이 곧 너희 주님께
한 것이니, 복 받아라 친구 쟈자야
주님. 쟈자의 손길 발길 그 가정의 복까지
몇 곱절로 축복하소서 하소서
비를 좋아하는 수자가 은방울꽃 같은 친구 쟈자를
생각하는 병실의 아침

쉐타
― 산드라표

가디건이라 해야 할지 쉐타라 해야 할지
지지 지난해 성탄 전날 제주에서
짠— 부쳐와
지난해도 올해도 늦가을서 봄 다 무르익기까지
서울 길에도 음악당 가는 차림새로도
날마다 입어도 물리지 않는 쉐타
엄마, 그게 봄옷이지 겨울 옷이예요?
바람이 숭숭하겠거만—
남매는 저희 눈에 언제나 엄마 차림새 추워 뵈는지
겨우내 산드라표 쉐타 차림인 엄마를 나무라지만
산드라가 언니한테 배워서 처음으로 뜨개질했다는 옷
첫 작품인데, 이리 근사한데 좋은데
이십 년 전에 오천 원 주고 사서는 얼마 전
위치 이동시키기까지
수십 번 빨아서 입었던 딱 내 취향이던
흰 구제 원피스 다음으로
이제 나의 최애 의상이 된 쉐타
그 쉐타 어제도 오늘도 나는 입고서 어디든 간다
자랑자랑치면서, 혼자 따습고 흐뭇하면서…

수리수리 빵빵 수수리 뽕

새해 첫 월요일
어째 오늘은 전화가 없네 했더니
다섯 시 막 지나면서 따르릉—
막내야, 오늘 일 갔다 왔다야
뭐? 언니야, 다리를 그래 갖고?
들어봐라야, 그동안 근 스무날 안 갔잖아 전화가 왔데
와서 놀아도, 오라꼬
그래 김치전 두 장 봉다리 담아서 운전해서 갔지
오른발은 성한께—
말도 마라야, 아지매는 굴까로 가고 없고
아저씨 목욕 안 한지 보름도 더 됐다카는 기라
그래서 바로 '옷 다 벗으소'하고는 나 다리에 비니루
똘똘 감고 싸악 씻기고 세탁기 돌리고 온께
내 맘이 더 깨운 하다야
우— 못 말리는 우리 언니
양력 설 지났으니 일흔아홉
자기도 도우미 불러서 도움받아야 할 어르신 나이인데
아직도 일 다니는 요양보호사
사십 년도 더 이전에 우리 엄마 수발부터

시아버지 거천에 오며 가며 인연 닿은 환자 간병
팔자맨키로 마다 않더니
십 년 전부터서는 아예 요양보호사로 돈까지 벌면서
지금껏 현역으로 뛰고 있습니다
단짝이던 미옥언니 지난해 초봄에 느닷없이 보내고
그 빈자리는 이제는 민자, 쟈자 두 자야 친구가 채워도
우리 언니 일편단심 막내 사랑
더하면 더했지 덜해지지 않아서
한 달 생활비 사오십만 원으로 사니라고
전화비도 아끼는 나에게 언니는 거의 날마다
전화해서는, '들어봐라야' 함서 매일매일 은혜받은
이바구 풀어내고, 나보다 더 자주 손 편지 보냅니다
글체도 빼어난 팔방미인 울언니
세상에!
거기는 이틀 사흘 내리 눈이 내렸다더니
눈 나라에 꼼짝 못 하고 파묻혔다는 전화를 받은 날이
바로 엊그제인 데다 지난달 민자언니랑 고향왔다가
발목 삐었던 것 결국 깁스하고 지낸다더니
그 다리로 이 추운 날에 일을 가고 환자 목욕을 시키다니
우— 못 말리는 우리 언니
보나마나 운전대 잡자마자 아멘! 외치고서
룰루랄라 새 다리 건너서 오고 가며 이까이꺼—하고
우람한 그 몸에 비닐 감은 다리에
혼자서는 씻지도 못하고 자리보전하고 누운 환자

친척 아저씨 채근해 난리부루스로 씻겼을 언니
그만했으면 돌아오는 길로 누울 자리 밖에
안 보일 법도 하건만
오늘 있었던 일, 장한 일 시인 막내한테 전하지 않고는
못 배기는 울 언니, 패기도 인정도 넘치는 언니
언니가 기도했다네요
하나님, 우리 막내 새해에도 수리수리 빵빵 수수리 뿡뿡
좋은 글 많이많이 쓰게 해주세요—
언니 때문에라도 언니 덕분에라도 나는 죽을 때까지
글 쓰지 않을 수 없습니다
수리수리 빵빵 수수리 뿡
요술램프마냥 모락모락 사랑이 희망이 피어나는
번져서 전염되는
추운 날 군고구마 같은, 화톳불 같은 그런 글
그런 글 말예요

재길 씨

모든 것이 사라진 것은 아니라는
십일월의 첫날
짧아진 해가 막 기울 무렵
아지매— 아지매—
옆집에서 재길 씨가 나를 부르는 소리다
예에— 큰소리로 대답하고 돌담 담장에 다가서니
이제 막 찧은 햅쌀 두어 됫박 남짓이 건너온다
제법 묵직한 쌀 봉지를 안으니
손바닥이 따스하고 가슴이 따뜻하고

달티어머니 가신 지 십여 년
인적 없고 훈기 없이 비어있던 옆집에 두 달 전부터
마산 살던 큰아들 재길 씨가 와 지낸다
우리집 툇마루에서도 마당에서도 빤히 보이는 옆집 부엌
재길 씨는 혼자서도 잘 챙겨 먹고 잘도 산다
지난번엔 텃밭의 단감도 다 따주고
며칠 전에는 소형 털털이로 밭도 털어 주겠다고
두 번 세 번 아지매 아지매— 외쳐 부르며
김장거리 배추 안 심으끼요? 물었었다

재길 씨 마음, 성의는 고맙고 고맙지만
우리집 작은 텃밭은 무경운에 무비료 거름이나 비닐 치지
않는 것을 원칙 삼고 스무 해 지나도록 그저
텃밭 겸 꽃밭을 세세꼼지 놀이터 삼아 푸성귀 반, 꽃 반으로
적게 심고 적게 취한지라
괜찮다고
고맙다고만 답했었다
친정 이모처럼 살갑고 정스럽던 달티댁 대신
돌담 하나 사이로 두고 가장 가까이 사는 이웃사촌
나더러 유일하게 아지매— 무렴 없이 불러 주는 사람
김재길 씨

동짓날의 기다림

해파랑길 걷는 중에 통화했던 경애 씨
그 시월 지나 이제 동짓달
코로나로 연초부터 세상 곳곳이 혼란스럽고
생활 속 자발적 거리두기를 일상화하고
마스크와 손 씻기로 무장에 예방하는 것이 일상화된
이즈음
이런 세상을 살면서도
그럼에도 불구하고 해 다 가기 전에 꽃자리로
날 보러 오겠다는
혜자 씨와 경애 씨
나의 이십 년 독자인 동무들
내 어설프고 대책 없는 삶과 글쓰기를 무턱대고
무조건적으로 응원하는 두 사람
당신들의 방문을 발길을 나도 무조건 환대합니다
그 발걸음 그 가슴, 사랑과 우정의 연대에
세상의 모든 감사와 축복의 말을 다 불러 모아서
고마워하고 축복합니다. 고맙습니다.

3부

여기, 좋아요
— 동이와 이로

동이가 왔다
지난해 대만에서 깜짝 결혼을 했다더니 집으로
고국으로 첫걸음을 한 것
첫 이틀은 부산 부모님 댁에서
셋째 날은 산청의 친구네서 실컷 별을 보고
오늘 동이가 드뎌 새색시 이로와 함께 우리집으로 온 것이다
새해가 열리자마자 맞이하는 첫 커플
점심으로 떡만둣국을 끓였고 후식으로는 호박죽을 곁들였다
국대접도 찬 그릇도 발우공양 하듯이 말가니 비운 두 사람
애기 같은 데다 눈이 커다랗고 너무 말라서
보호본능을 일으키는 이로는
대만에서 도자기를
일본 교토에서 천연염색과 디자인 공부를 했다고 한다
동이는 꽁지머리 콘트라베이시스트
예닐곱 해 전에 여행지에서 만나져 친구가 된
우리집 딸따니 예슬이도 없는데 꽃자리 와서는
며칠 통영 곳곳을 혼자 알뜰히도 답사하고
무엇보다 우리 집 윗집에 마련해 둔
(언제나 손님용으로 비워 둔)

모두의 집을 무척 좋아했었다

그때 동이가 말했었다

초이(예슬)는 어찌 이런 고향, 이런 집을 두고

떠돌아 다닐까요? 너무 아름다운데, 좋은데…

그러게, 아직 때가 안됐나 보지

그랬다

그 초이가 이제 고향으로 돌아와

대촌집 꽃자리는 아니래도 봉숫골 산자락 작디작은 아파트에

둥지를 틀고서 만 삼 년째 뿌리를 내리고

더는, 아직은 예전처럼 떠돌거나 새삼 가고 싶은

나라도 없다고 말하였다

오래 마음 졸이며 딸을 기다리던 에미로서는

그저 안심되고 고맙기 그지없는 일

꽁지머리 동이

딸이랑은 베이징에서 난징까지 삼백 킬로 길을

도보순례도 했던

내가 보고 느끼기엔

어질고 깊고 나름 멋있었던 어린 청년

그 동이가 두 번째 통영 왔을 때

내가 만들어준 진달래 꽃부침 먹으며

진달래 화전을 주제로 곡을 만들고 싶댔다

그래애? 그랄라쿠모, 동이야

진달래꽃 피었을 때 네가 직접 뒷산 가 꽃 따와서

수술 죄다 골라내고 꽃에 찹쌀가루 반죽해서

구워 먹어 봐야 제대로 된 곡이 만들어지는 거야
그냥 내 방식의 직언이자 조언이었는데
동이는 그 말 잊지 않고 있었던 모양
다음 해 사월 초
동이는 진짜 꽃을 따러, 진달래 꽃부침을 직접
만들어서 먹어 보겠다고 왔었다
해거름에 불쑥 도착해서 자고 일어난 다음날 아침에는
부슬부슬 봄비가 내렸다
그 비를 우산도 비옷도 없이 즐겁게 맞으며
우리 둘은 대밭 지나 뒷산엘 올랐고
꽃불 일듯이 예—제— 무장무장 피어난 진달래꽃을
어쩌다 사람이 다니는 길섶을 피해서
각자가 점찍은 진달래 나무 아래 서서 꽃잎을 땄었다
모두의 집 뒤 이름도 가지지 못한 야산
그저 소골 뒷산이라 불려지는 386m의 산은
봄이면 온통 진달래. 진달래. 진달래 천지…
해마다 탄식하듯 나는 말했다
아아, 이 진달래 숲, 진달래 산에서 누가 결혼식 안 하나
마, 내가 한 번 더 혼례식을 올릴까나 하고…
드문드문 생강나무꽃 새각시 노랑저고리 떨쳐 입듯이
수줍수줍 소담소담 피어나고
진달래, 진달래, 감당하기 어렵게 지천에
피어나면, 나는야 해마다 '봄처녀'며 '망향'을
산 들으라고, 봄 들으라고 목청껏 불러제끼며

거의 혼자, 때로는 산동무이기도 했던 향순언니
돌아가신 노인회장 재두 어르신과 오르내리곤 했다
그 산. 사월의 진달래 꽃산에서 동이랑 따 온 진달래
한 시간 넘도록 둘이 꽃술 골라서
작디작은 부엌에 나란히 들어 동이가 반죽하고 굽고…
그날의 진달래 맛은 조금 더 각별했던 것이
해마다 봄마다 내가 준비해, 오가는 수수 많은
길손들(심지어 화전놀이 하자고 초대해서까지)
대접만 하다가
꽁지머리 아티스트 청년이, 아들 같은 동이가
직접 따고 고르고 반죽해서 구워 준
진달래 꽃부침이었으니…
다음날 떠나기 전에 동이는 혼자서 다시금
뒷산 자락에 올라 부산집 엄마한테 구워 드려야겠다며
따로이 꽃을 따 갔다
그리고 두 해가 지난 한가위 전날 동이가 느닷없이 또 왔다
이번에는 엄마랑 친구의 엄마까지 동행한 데다 콘트라베이스
그 큰 악기를 아빠의 차를 빌려서 모셔 오기까지 했다
그 저녁 시간
마침 집에는 고향에 와서, 우리집에서 추석 지내고 가겠다는
남편의 친구 세영아빠가 와 있었고
절편 나누어 준다고 왔던
윗땀의 외진이 모친까지 한 자리여서
추석 전날의 즉석음악회가 열렸겠다

동이가 말했다
이 곡, 지지난해 여기서 진달래
직접 따고 구워 먹어 보고서 만들어진 '진달래 화전놀이'예요
와우!
제주도, 일본에서 연주했고 오늘은 바로 그 현장에서
세 번째 연주하는 거라며 짐짓 담담하고도 보람 있어 하며
드뎌, 드디어 '진달래 화전놀이'를 우리에게 들려준 동이
그 부슬비 봄비 내리던 아침
각자의 나무에 각자의 숲에 들어
고요히 따 담은 진달래 꽃숭어리
거의 말없이 오래도록(꽃따기보다 고르는 게 더
손이 가고 오래 걸린다. 해 본 사람은 알지롱)
꽃술을 골랐던 시간. 그리고 그리고 그 애가 반주하고
구워 준 화전
그날의 비, 그날의 낮게 내려앉은 하늘
숲 냄새, 꽃잎의 촉감
대숲 지나 가파른 산길을 오르내린 발자취까지가 다 담긴 곡
동이의 '진달래 화전놀이'
콘트라베이스 연주로 듣는 그 곡은
그날의 분위기는 각별하고 특별했다
나는 나답게 또 감동하고 들떠서
동이야, 가곡도 재즈도 연주해줘—
조용히 웃고 내 신청곡 다 연주 해주는 아들 동이를 보고
정작 동이의 어머니는

“우리 동이가 눈치가 없어요. 지 맘대로 여기를 지 집처럼
들락거리고— 오늘도 추석 전날인데, 손님도 계시고 할 일도
많을 텐데 무슨 연주를 한다고, 아이 참, 쟈가 왜 저리 철이 없
는지, 글쎄 이 집이 머 저거 집인 줄 안다니까요”
　나는 진짜로 아니라고
　동이가 편해서 내가 더 좋고 고맙다고(진짜다!)
　동이도 우리 아들이니 언제든 지 집처럼 와서
　묵고 가도 된다고
　얼마나 멋진 아들이냐고, 아들 하나 잘 두었다고
　진심으로 말해드렸다
　그런 동이
　제대로 놀고 진실하고 고요한 데다
　제대로 여행하며 어디서든 연주하는 동이
　살짝 우리 딸따니랑 짝이 되어도 좋으련만
　욕심나게스리 버릴 것 없던 동이
　그 동이가 이제 혼자가 아니라 교토에서 만나 인연 맺어진
　짝지 이로와 함께 일테면 신행 인사를 온 것이다
　나는 그 아니 좋으리, 고마우리
　새해의 떡국 뚝딱 비우고
　무릎담요나 스카프 한 장 덮지 않고
　툇마루에 쏟아지는 오후의 햇살을 이불 삼아 꽤나 오래
　낮잠까지 자던 이로
　실컷 자고 일어나 덥다고 조끼를 벗던 이로
　그런 이로가 나는 또 예뻐서

"동이야. 사진 찍어. 넘 이쁘잖아" 했다
동이가 아들이었으니 이로는 또 새로, 공으로 얻은 딸
하룻밤을 묵고 가면서 이로가 먼저 내 손을 살며시
잡으며 한국어로 말했다.
애기처럼
"여기, 좋아요"
아, 나는 이로의 그 말 한마디가 얼마나 좋았는지
고마웠는지…
오는 사월
그애들은 동이의 연주가 있어 다시 온단다
그래애?
그때 오면 우리, 진달래 꽃부침 해먹자아—
그애들이 타고 가는 차 꽁무니가
보이지 않을 때까지 나는 하염없이 서서 자꾸만 자꾸만
손을 흔들었다
사월을, 다시 올 동이와
우리 마을인지 모두의 집인지 꽃자리인지
아무튼지간에 '여기'가 좋다는 눈이 커다란 새색시 이로를
지금부터 기다리는 심정으로…

얄지의 팔찌

오르빌에서 지내는 심리학자
인터뷰이가 묻는 말에
"날마다 행복해지려고 애쓰고 있어요"
애쓰다니?
어디 행복이 애쓴다고 오고, 애쓴다고 느껴지는 것인가?
현재에, 지금 주어진 것에 (공기와 햇볕으로도)
만족하면 즉시에 행복해지는 걸
애쓰지 않고 함이 없이 다 하는 것을
나는 자연에서 배운다
시간이 남아 돌아가느냐고?
돈이 많냐고?
많지 않고 남아돌아 가지 않지만
하루를 내 마음먹기에 따라 25시간으로 채울 수 있고
돈도 빚 없으면 되고 밥 굶지 않고
정 급할 때 택시 탈 여유 있으면 혹은 기분 좋게
밥 한 끼 대접할 여유 있으면 충분하다 여기며 산다
고맙다 생각하고 산다
그것은 돈보다 시간보다 마음의 여유에서 오는 것이다
마음 가는 데 시간 가고 돈 간다

그렇지 않은가?

2차 백신을 맞는 날

가을 태풍 지나고 가을 장맛비 추적추적 오시는 아침

요즘의 나는 하나가 생기면 둘이나 셋을 없애거나

위치이동 시켜서 살고 있다

닷새 전에는 모자와 팔찌며 목걸이를 후배에게

이틀 전에는 잠시 들른 길손들에게

택배로 부쳐 온 새 옷을 위치이동 시켰다

주고 비우면서 버리면서 내가 더 홀가분해지고

기분 좋고 넉넉해지는 것

비워서 되려 뿌듯해지고 채워지는 마음을

누구나들 경험해 보고 알고 있을 것이다

십 년하고도 일 년 사 개월 전

2010년 4월의 안나푸르나는 랄리구라스 천지

떨어져 레드카펫이 된 붉은 꽃길을 밟고

머리 위로는 연신 피어나거나 피어 매달린

네팔의 나라꽃이라는

그 꽃을 배경으로

너무도 푸른 하늘과 너무도 희디흰 설산의 정경으로

나는 자주 숨막혔다

모녀의 짐을 혼자 다 지고도 휘리릭 앞서서

참 가비얍게도 가볍게도 걷는 우리들의 포터는

키가 작고 낯이랑 팔이 구릿빛으로 검은 데다

눈 마주칠 때마다 방실거리는 '얄지'였다

포카라에서 시작된 여정은 가드룩 파드룩 랑탕…
푼힐의 전망대에 오르기까지 우리만의 속도에 맞춘
느리고 깊은 일주일
날씨는 대중없어 난데없이 대추씨 만한 우박을
소나기마냥 쏟아붓기도 하고
풀밭에 잠시 앉았다고
물린 줄도 모르게 내 피를 뽑아간 악명높은 거머리는
바짓단과 양말을 피딱지로 말라붙게 했지만
아, 그날 그 순간들
그 날마다의 매순간의 황홀과 경이로움을 십 년이
지났다고 나 어찌 잊으리
애인이 있다던 얄지는 우리가 묵는 롯지나
어느 때는 좀 더 여유 있게 쉬어가는 식당의 마당에서까지
작은 망치로 무언가를 두드렸고 심지어는 뜨개질도 했다
애인한테 선물하려는 것인가?
그뿐인가
한순간 눈앞의 길라잡이 얄지가 사라져 버려서
숲속으로 볼일 보러 갔나 했더니
보기 좋은 미소를 지으며 숲에서 나오는
그의 손바닥에 가득했던 딸기
황금딸기였다!
내 최애 과일이 산딸기
그 딸기를 그것도 황금딸기를 안나푸르나에서 보고
먹게 되다니…

나는 환호했고 감격했고 눈물까지 찔금거리며
입에 넣자마자 사르르 녹아버리는 딸기를
잘도나 먹어댔다
딸이 영어로 "우리 엄마가 산딸기 진짜 좋아해요" 했고
너무도 좋아라 하는 아이 같은 내 반응에
얄지는 함박웃음으로 넉삼을 내어 네 다섯 번은 더
숲으로 들어가 두 손 가득히 딸기를 따다 바쳤었다
우— 그, 그 안나푸르나 야생의 딸기
그것도 황금딸기 맛이라니…
내 평생 단연코 그토록 맛있는 산딸기를 먹은 적 없고
그때의 그 맛을 잊을 수도 없다
7박 8일
새벽마다, 머무는 롯지에서 마다 나는
아침형 인간답게 새벽 세 시 경이면 절로 잠 깨어
설산이, 어둑신에 설산의 그리메가 어렴풋이 드러날 때까지
두 시간이고 세 시간이고 어둠 속 산을 주시하곤 했다
그토록 충만했고
모녀만이었고, 또 우리들의 길라잡이 짐꾼이 얄지여서
더 기껍고 행복했던 안나푸르나의 여정
트래킹을 마치고 헤어지는 날
얄지가 불현듯이 내 팔목에 끼워 준 것은
녹슨 쇠에 희고 푸른 뜨개질 글씨로 새긴
GWI JA HAENG BOK
그래

그래

행복

나는 언제나

이만하면 충분하다 괜찮다 다 괜찮다 하고

걸핏하면 있는 건 시간하고 돈 뿐이라고 흰소리를 하고

아주 작은 친절, 아주 사소한 인정이나 말마디에도

감동받고 고마워하며 사는 사람이지만

누군가 내게 살면서(최근 이십여 년) 가장 빛나고 충만했던

순간을 꼽으라면 단연 그때 그곳

딸과 내가 안나푸르나에

그 장엄하고 경이로운 산자락에 안기고

머물었던 시간이라고 말하겠다

그래

얄지

얄지는 알았던 것이다

내가 그곳에서의 순간순간을 얼마나 감탄하고

행복해했던지를…

이따금 화장대 서랍에 고이 간직된

얄지의 팔찌를 만지작거려 본다

어쩌다 아주 어쩌다 팔목에 끼워도 본다

50대가 지나기 전에 그 얄지를 앞세워

단독 라운딩을 하자 하였던

그 야심찬 꿈은 실행되지 못하였지만

귀자 행복 −

그래, 이제 나는 안다
숨 쉬고 살아있는 자체가, 존재가 행복이란 것을…
그때만큼은 아니어도
지금도 나는 날마다 새롭고 날마다 고맙다
이만한 숨이, 무탈한 하루가…
어디 행복이 애쓴다고 오는 것인가?
없을 것 없고 있을 것 있는
햇볕과 공기와 한 끼 밥으로도 그저 고마운 것
돈 안 들고 힘 안 드는 이 행복을 뉘라서 마다하랴?
자아, 자—
태풍은 지나고
집도 가족도 이웃도 모두들 무사하다
오늘도 나는 누구를 만나도 어디에서도 고맙고 반갑고
복될 것이다
행복할 것이다

대촌마을 주민 마실 가요

나락을 아직 안 한 데가 있다요, 그놈 참 게을네
차가 막 안정마을 지나 무량촌 돌 때였다
농부의 눈에는 추수 안 한 논이 먼저 보이는 법
공룡나라 휴게소
볼 것도 많은데 안내리요?
아침까지 허리 아프다고 갈까 말까 망설이던
수임언니 뒤따라
택진 씨 한마디
영주 씨, 현일 씨, 점주 씨, 우리 부부, 민석 씨 부부
맞다! 대진 씨네는 태양이, 별이까지 온 가족이 왔구나!
자아, 자, 술 묵자, 술 무야 놀거 아니가? 안주? 조야 묵지
점방 형님은 왜 안주노
아름이 엄마는 향순 언니 챙기기 바쁘다
쿵쿵짝 쿵쿵짝
빨갛고 파랗고 노란 츄리닝 차림의 〈맨삼이〉
남자 셋이 '항구의 남자'를 불러제끼며 현란하게 춤춘다
출발한 지 한 시간도 안 되었는데 삼 년만의 관광답게
아침부터 시작이다
오늘의 관광은 노인회 부녀회 청년회 모두 모두 주관이지만

하나에서 열까지 치다꺼리는 청년들
안주로 감까지 깎아주는 총무랑 두진 씨
야들, 손이나 씻것나? 화장실 갔다 왔는데 씻것것지,
안 씻것시모 간간하이 더 맛있다
두 번째 섬진강 휴게소 섰을 때 파스 팔러 올라왔던 이금자 씨
점주 씨, 살라캐도 돈이 없다—
하는데도 녹음테이프 틀듯 단방약 파스 선전
이 파스는 섬진강 휴게소에서만 팔아요
치료는 안 돼도 통증은 깜쪽같이 없애요
어머니 지금 한 장 붙여 보실래요? 마술 파스라니까요
머하노? 안 가고—
아랑곳없이, 자아— 자— 여기 명함 들어 있습니다
효과 없으면 환불됩니다, 기사한테 물어보세요
쿵짜라 짜라 쿵—
향순 언니 수임 언니 얼랄라 저 뒷자리
딸부자집 어머니까지 일어나서 춤을 추는데
우리집 남정네 헤에— 고개를 외로 꼬고 웃기만 함서
때때박수만 친다
술은 벌써 세 순배나 돌고
두 언니가 결국 나를 일으켜 세웠다
그래, 망가지지 머, 놀아보지 뭐
보성녹차휴게소에서 상식 씨 아부지 재민 씨
현일 오랍 씨 두 사람은 그 사이 맥고 모자 하나쓰 사서 쓰고
믹스커피 찾는 사람

술 더 없나? 하는 사람

감 좀 더 깎아라, 감이 맛나네 하는 사람

나도야 일어난 김에 누구 눈치 볼 것 없이 화끈하게

흔들기 시작했는데

'맨삼이'에서 몇 가지 관광 트로트 지나 이제는 노래방 시간

현일 오라비는 '안동역에서' 다음 타자 점주 씨는

'내 나이가 어때서'

인자 막 물오르고 신이 오르는 판인데

그 쿵작거리던, 그 시끄럽던 차가 갑자기 조―용

와이라노? 터널이가? 단속?

아. 그렇나? 그라모 할 수 없지

잠시 조용타가 다시 점주 씨

썽이 나서 한 곡 더해야 되것다

오늘의 목적지는 목포 케이블카 타기

민석 씨는 '사내'

자아― 자아― 다 와 갑니다

노래 아직 못 부르고

마이크 잡고 집은 사람도 줄을 섰는데 차는 금세

주차장에 들어섰다

산 잘 타는 대진 씨, 태양이와 별이의 아빠가

고소공포증이 있었을 줄이야

타는 거는 안 되도 걸어 올라가는 거는 괜찮타쿠네,

우리나라서 제일 길다는 목포 케이블카

나는 오늘 첨 탔다

천만 명 넘게 탔다는 통영 케이블카도 아직 못 타고

안 탔는데

넘으 동네 와서 돈 보태주네— (그때는 환경훼손 어쩌고

해서 반대했기에 양심상 못 타고 안 타 봤다)

고소공포증? 내 남편도 있는데—

당신, 괜찮아?

울 낭군, 씩 웃기만 하고 갈 때는 우리 부부 따로 타고

올 때는 손 꼭 잡고 같이 타고

하모, 신랑 각시 같이 타야제. 따로 타는 기 오잇노?

택진 씨도 고소공포증깨나 느끼는 사람이라

케이블카 타긴 탔어도 아래는 물론 옆도 뒤도 안 보고

오가기만 했단다

허리 굽은 정이 할머니 송순자 씨

수임이 언니가 챙기다가 드뎌 내 차례

괜찮십니까?

하— 별 것도 아이네

순자 씨, 짱!

그나저나 유일하게 안 탄 대진 씨

너나없이 차에서 한 잠 잤겄지 했는데

오마나! 그 사이 우달산 꼭대기까장 홀홀단신 쏜박하게

다녀 왔노란다

'등산' 하모 나 아입니까?

하긴, 그랑께 대진 씨도 왕 짱! 멋져부러요

마실 2

미륵산행 다녀온 지 서너 시간 지난 저녁답
등산화가 문제인지 발이 문제인지
오른쪽 발목 앞쪽이 시큰거립니다
어제 거의 밤을 꼬박이 새우다시피 하였으니
오늘은 일찌감치 쉬어야겠다 하고서
발 씻고 발목에 두어 번 물파스 치익—칙 뿌리고
일찌감치 누웠습니다
8시
전화가 걸려옵니다
점방집 언니
뭐 하노? 내리 오이라
왜요?
엊그지 관광 간 거 결산한다
청년회 모잇는데 미리 연락하긴데 그랬네
언니, 나 발목 아파서 지금 씻고 누웠는데…
걷도 몬하나? 살살 오이라
어— 누구 누구 있는데요?
머. 두진이, 규진이, 민석이, 대진이, 도형이…
그라고 여자는
서영이하고 수임이하고 나 뿌이네 (뿐이네)

가기는 가야 되낀데 우짜꼬? 그라모 천천히 내리가보께요

끙—

관광 결산할 때 나 불러 주모 와인 한 병 들고 가서

노래도 부를끼란 말

바로 어지 그지(어제 그제) 농반 진반으로

두진 씨더러 했는데

우— 아니 갈 수도 없고

발목은 시큰거리고— 걸어서 내려가면 7~8분 거리

회관 가는 것도 무리 아닐까 싶기도 하지만서도

어짜까? 잠시 고민하다가

에라, 쉬자. 와인이사 담에 또 청년들 모일 때

갖고 가지 머

다시 점방집 언니한테 전화

뚜—뚜—뚜— 열 번을 더 울려도 불통

에구, 가야 하나 보다 마지못해 일어나는데

어둑한 마당에 발소리 따라, 시인니임—

대진 씨다!

이미 한 잔 자알 걸쳤음에도 회관서 부러 나 태우러 온 것

이러면 아니 갈 수 없다

후다닥 모자 쓰고 벗어둔 겉옷 걸치고

와인 한 병에 사과, 단감, 황태채 안주까지 챙긴다

그래, 회관서 모여 있는데 왜 점방집에 앉았다고 생각했지

모두들 시끌벅적 불콰한 얼굴에 상에는 소주 맥주

통닭 냄새가 진동이다

단감도 만장거치 있다
양치하고 오기를 잘했지…
(난 양치하면 씹는 음식도 결단코 NO다!)
민석 씨 왈
봐라, 시인님. 와인 들고 오셨다
자아 자아 자. 와인 한 잔 다 따라서 다시 건배!
파장 무렵인데 뒤늦은 내 출현에 분위기는 다시금
생기를 띤다
와 이리 늦었노? 서영 언니 묻고
수임 언니는 낯빛이 볼그레 술이 오르고
나가 전화하는 거로 깜박했다 아니가 예슬아 무라, 무라
서영 언니 향순 언니 먹다 남은 통닭이며
연신 깎아 올리는 단감이며를 자꾸 권하는데
양치질 해서—
나는 고만 또 유치원생 바른생활 대답
양치했다꼬 안 묵느나, 이 한 번 더 닦으모 되지
안 먹어요
우찌 음식 보고 안 묵어지노 나사(나는)
넘(남)이 무모(먹으면)
아무리 양치해도 묵것다— 향순 언니
희안하제? 이란게 살이 안찌고 건강한갑다
술 안 들어가면 말마디도 여간해서는 없는 수찬 씨
불콰하니 기분 좋은 얼굴에
자기 청년회 회장 맡았을 때

마을 어른들 모시고 욕지도라도 한 번 가자쿤께
자식들이 건저 잘 걷도 몬하는 부모를 우찌 모시고
갈끼냐고 고개 쩔쩔이더라고
그때 살았던 어른들 벌써 여섯은 저 세상 갔다고
제 부모도 건사 못한다 쿠는데 우짤끼냐고
그래서 그 생각 고간 접어빗다고 허니
얌전히 듣고 있던 얌전한 민석 씨
그거 참 좋은 생각인데— 그랬더나?
인자 동네 어른들도 몇 안 남고 우짜것노?
규진 씨— 요게 있는 사람들이 인자 다
칠십 어른 아이가?
그래, 우리 잘 모시라— 서영 언니
내년 마실은 우짜꼬?
봄에 가자!~
봄? 조오치. 근데 봄에는 농번기 아이가?
진달래 피모 뒷산 가자!
그거는 임마, 청년들 행사고—
마을 관광 우짤낀고 의논하는 거지
봄. 좋네요. 봄 가을 두 번 가모 더 조컸네— 나
그래 그래, 그기 조컸다
어른들 한 분이라도 살아 있고 움직거릴 수 있을 때 가자
전원 일치 좋다는 분위기, 모두의 고개가 끄덕끄덕
귀자 씨 가이드 하모 잘 하것다. 안 가본 데 없제?
가이드? 잘 할 수 있지요

그래도 나도 안 가본데 많아요
오데로 안 갔다 말이고? 그리 천지 만지 댕김서
아직도 안 가 본 데가 있나?
그라모요, 죽을 때까지 댕기도 우리나라도 다
몬 가 볼낀데—
그렇나? 가 본 데 다 아나?
알지요. 100대 명산은 마흔 아홉 군데. 나라는 51개국
아. 이럴 때 나는 빼지도 둘러치지도 못한다
이실직고. 곧이곧대로— 이것이 나의 큰 단점이요
솔직키로 치면
장점이라고 할 수도 있다
51개국? 그라모 안 가 본 나라 없네
왜 없어요? 삼분의 일도 몬 갔지
점방집 언니가 도형 씨한테 묻는다
데렴(도련님), 몇 나라 갔노?
어— 몇 군데 몬 갔지요. 일본. 중국. 필리핀. 인도네시아—
예슬이 엄마 51개국 갔단다. 싸캐라
떠들썩 중구난방 왕왕대는데
이장 부부(조현일, 정홍선) 들 오신다
이장 부부는 모임도 계도 많아 오늘도 계모임서 밥 먹고
한 잔 걸치고 오는 참
다시 쐬주 잔에 쏘맥 가득 채우고
두진 씨 기어코는 엊그지 길에서 누나(나) 만났더라는 이야기
결산 때 불러만 주면

노래도 한 곡 뽑겠다더라는 이바구 다 하고

조오치— 노래— 시인님 노래—

건너 건너 건너 앉은 규진 씨가 얼릉

소주병에 병따개 끼워설랑은

마이크로 건넨다

에—

시부터 읊프모 안되까요?

조치— 조치!! 박수우—

저요. 우리 동네 너무 좋아요, 자랑스러워요. 진심고백하고

'내 사랑은'

아름답고 고운 것 보면

당신 생각납니다

이것이 사랑이라면 내 사랑은 당신입니다

지금 나는 빈 들판

노오란 산국 곁을 지나며 당신 생각합니다

빈 들판을 가—득 채운 당신

이것이 진정 사랑이라면 당신은 내 사랑입니다

백날 천날이 지나더라도 내 사랑은 당신입니다

(덧붙여. 후렴구)

백날 천날이 지나더라도 내 사랑은 '대촌'입니다

우뢰와 같은 박수

인자— 노래! 두진 씨 힘찬 응원에

음— 으음— 쬐끔 빼다가 생각타가 떠오른 노래

동그라미 그리려다 무심코 그린 얼굴~

'얼굴' 시작하자마자 감성 충만 두진이

노래 한 가락하는 흥선 언니 합세—

노래 끝나자 와그르르 제창에 앵콜 해 쌌는데

서영 언니 새복(새벽) 세 시에 꿀(굴) 까로 간다꼬

가서 자야 된다꼬 일어서고

세 개로 펼쳐졌던 술상은 주섬주섬 챙겨져

내가 앉은 상 하나로 모인다

얼굴

얼굴들

달티 어머니, 재두 회장님, 부겸이 아저씨, 구집댁,

홀리골댁, 노전댁이, 오산댁이, 돌이 아저씨, 조합장님,

진호 할머니, 씨락댁… 웃땀에만 해도 지난 25년 새

세상 뜬 사람이 열대여섯

아이고. 정이, 정이 보고 집어. 형 두고 정이 두고

먼저 가버린 인정이 강형이는 또 어떻고?

울리려고 했던 거 아니지마는 두진 씨 자동으로 눈물 주르륵

아니나 다를까 담배 피러 나간다, 울러 나간다

뿐인가

윤덕 씨, 동현 할머니, 늦겸 씨 모친…

다시는 돌아올 길 없는

긴— 긴 마실을 떠나버린 이를

그이들도 남은 우리도 똑같이 이 세상 마실 온 것인데

오는 거는 순서가 있었으되 가는 거는 순서 없다

그 어린 강형이. 인정이가— 25년 전 사월에 마을 들머리에

나랑 벚꽃나무 묘목 같이 심었던 (그때가 여섯 살. 네 살)
어디론지 모를 마실을 우리보다 먼저 가버리지 않았나?
그래
'대촌마을 주민 마실 가요'
엊그지 관광길에 관광버스 앞머리 전광판에
파노라마처럼 흐르던 문구
우리 마을, 대촌마을 마실
일 년에 두 번이면 어떻나?
한 사람이라도 더 살았을 때 움직거릴 수 있을 따
돈 좀 들어도 청년회원들 쫌 수고스러바도
케이블카를 타든 기차를 타든 배를 타든
(좀 있으모 통영에도 KTX 온단다)
봄 가을 마실 가자고
영영 말고 당일치기로 돌아오자고
돌아오는, 돌아올 수 있는 소풍을 마실을 가자고
남은 우리, 한 술상에 도래도래 앉은 우리 여섯은 말했다
집으로 오는 거는
술 거의 입에 안 댔다는 도형 씨 전기차로—
우리집 지나서 백 기터는 더 가야 되는 수임이 언니
염치 채린다고 같이 내린다는 걸
언니이— 누가 업어 가모 우짜끼고? 내가 말하고
도형 씨, 고마 타요(타세요)
고마워요. 도형 씨. 언니 잘 태워 주세요오
가는 차에 빠이 빠이 하고

우리집 돌담길 막 들어서는데 앞집의 예쁘니 지율이

분홍색 내복 차림으로 할머니이—

부르며 달겨든다

지율이 머리 감았어? 냄새 좋네! 번쩍 안아 드니

지율이 내 가슴 아래께 포옥 얼굴 묻고서 내 냄새도 맡는다

여덟 살 지율이가 맡은, 느낀 내 체취는 어땠을까?

부디 꼬랑탑탑 노친네 냄새는 아니었기를—

나이 들면 입은 닫고 지갑은 열고 무엇보다 자주 씻으랬다

가만 있자, 내가 언제 샤워 했더라?

지율아아— 잘 자라— 좋은 꿈 꿔

네에—

이즈음 그저 얻은 손녀 지율이와

밤 인사를 나누고 어둔 골목길 들어서는데

술자리서

또 나 먼저 일어서 나올 때

그러니까 술심 아니라 술김 아니라 따라오면서까지

진담으로다가 말하던 대진 씨 말, 그 얼굴이 떠오른다

그 모습 그 목소리 내 등 뒤로 바싹 붙어 온다

시인님

다— 좋은데

우리 동네 이야기 앞으로 더 많이 써주시고

그중에 경남(통영 아니라) 대표 인물 김대진 이야기

쫌 꼭 써 주이소

알것지요? 꼭요 꼭—

푸하— 재밌다!
하긴 대진 씨 인물 약간 아니지
머 대촌 대표에 통영 경남 대표래도
자타공인할 만도 하다
세상은 이미 오래전서부터 자기 피알시대 아닌가베

날마다 보내고 날마다 부르는 술
— 텃개에서

광양길 걷다가 만나진 마을 이름이
'중도'여서 괜히 반가웠다고 말 건네며
그의 유년을 따라 걷는 길
용호농장이 있던 숲자리부터 이씨 집안이 구 할이었던
집성촌 텃개마을까지 우중순례
세 시인의 어깨동무 길이었다
때는 삼월의 첫날
봄비치고는 빗발이 굵었고 바람도 세찼다
호랑가시나무에 산다화가 지천
수천 그루 밤나무와 애기무덤을 뚫고 자란 소나무가
삼사십 년 사이 하늘 높은 줄 모르고 뻗고
빽빽한 대숲이 절로 서늘한 한기를 일으키는 길
할머니 어머니의 새벽 장길에 살쾡이도 여우도 아닌
백강새이가 혼을 빼놓던 옛길
밤나무도 참나무도 소나무까지 연리목으로 자라는
소년을 키운 숲
비바람 치고 눈발이 날려도
고무신에 쓰레빠 맨발이어도 아랑곳없었다
버스비 십 원이 모자라 친구한테도 차장한테도 말 못 하고

깊을 대로 깊은 밤 콩닥콩닥 방망이질 해대는 제 심장
소리 간 소리를 들으며 공동묘지 대숲을 숨 가쁘게 걷다가
중도야! 부르는 아버지의 음성을 꿈결같이 듣기도 했다
용호농장은 잘 나가던 검사댁
그 집에서 처음으로 의자에 앉아 생선까스라는 걸 먹었다
연못이 몇 개나 있던 집
여자애 열한 명에 또래 머스매는 넷
좋아하던 아이 보란 듯이 뱀을 잡아서 팔매질에
후려치기도 하고
차리바신 짓은 도를 넘어
학교 앞 바다에서 언덕바지 산으로 이어진
이백 미터 하수관을 기어오르기도 했다
그때 그 관 속에 가스라도 들어차 숨 막혀 죽었으면
우짤뻔 했노
코스모스길 청보리밭 지나 바다가 곁한 교실이었다
전교생 197명. 땡땡— 종은 울리고 교장선생님 훈화는
끝없어 듣는 둥 마는 둥 소년의 눈은 언제나 하늘에
바다에 가 있었다
삐삐이— 종다리 청보리밭을 차고 오르고 기러기 떼는
또 어찌 그리 아득한 풍경이던지…
용남국민학교 다닌 아버지의 담임이었던 삼학 년 담임
김성배 선생은 신사 중의 신사였는데
육학 년 때 담임은 남녀 차별이 극심한
어린 눈에도 곤란한 사람이었다

까지매기, 노래미, 숭어새끼, 문주리에 문어, 해삼이
천지빼까리였던 바다. 그야말로 그야말로 물 반에
고기 반이었다
아삼륙이던 머스마들과 텃개 앞 내죽도까지
덴마를 저어가기도 했다
동네 여자애 두고 죽림 가시내들 꼬셔서
뻐꾹 뻐어—국 그들만의 암호로 불러내기도 했다
오도독 씹히는 생밤
꺼싱개 타는 재미는 또 얼마나 오지고 오졌던가?
서른에 과부되어서 37년 집안을 일으키고 거느렸던 할매는
2대 독자 손주에게
"중도야. 날도 칩은데 조모 죽었다고 동네 자랑하고
댕기지 말고 옷 따시게 입고 집에 있어라"
유언처럼 말했다
수만 평 산, 수십만 평 들이, 수백만 평 바다가
그의 놀이터였고 교실이었다
그런 소년은 시인 아니고는 무엇도 될 수 없었으니
시인이 되어서 돌아온 텃개
세월 가면서 더 생생히 어제 일인양 되살아나는 기억들이
이제금 장년이 된 시인에게 구구절절 이야기 시를 쓰게 한다
어제 보낸 술을 오늘 부르게 한다

목원

나가 일곱 살땐가 여덟 살땐가

천황폐하가 항복했다쿠데

그 나이 때 나는

강구안에서 낚시하는 데에 열을 올릿다아이가

어째 고기가 나한테만 오는 기라

쪼깨난 놈은 다 놔조도 두시 간 잡으모 한 다라인기라

옆에 아저씨들이

무신 미끼 쓰는고 보로 오데

무신 미끼는

똑같거마는

뿔래기 한 바께스 의기양양 들고 가모

옴마는 나가 새빠지게 낚은 거 그 많은 거로

중앙시장통 구정물 다 나가는 물에서 낚은 기라꼬

더럽다고 다 내삐떼

옴마가 곱기 커서 사실은 고기도 몬 만지는기라

가오리회는 아부지가 좋아했는데

옴마는 염소 풀 주다가 손 비고 손가락 피만 나도

우는 사람 아이던가베

우에 누나 둘에 날로 났싱께(낳았으니)

요놈은 뭐시 돼도 된다꼬 귀키(귀하게) 컸지

쌈연은 후리기를 잘해야 돼
마누라 안 죽었으모
오늘 갱문가(바닷가) 가서 연 만든 거
날리 볼라 캤는데…

봉숫골에서 대촌을 그리며

우리 내외가 신혼시절을 보낸 봉숫골

그 봉숫골 열세 평 아파트에

이제는 딸이 산다

긴 여행에서 돌아온 딸이

서른을 갓 넘긴 나이에 고향으로 돌아와

숨고르기를 하며 내일을 모색하는 작디작은 거처

작다고는 해도

혼자 혹은 둘이 살기에는 그만인

지은 지 사십 년이 지난 낡은 아파트지만

한 목회자의 선한 손길로 새롭게 태어난 아담하고 계쁜 공간

천정도 벽도 심지어는 싱크대까지

편백나무와 삼나무를 덧입힌 거처는 그 향기로

누가 들어서도

순간, 숲에 든 것 같은 청량감을 준다

딸이 다시금 보름 일정으로 길을 나선 이즈음

나는 온갖 물것의 등살에다

오래전부터 비가 새던 안방은 차치하고라도

작은 방, 마루와 부엌에까지 빗물이 새는

그럼에도 정들어 사랑하여 마지않는 오래고 오랜

옛집을 등지고 이곳에서

미륵산자락 또 하나의 작은 숲에서

짧은 여름나기를 하고 있다

일테면 이곳은 나의 두 번째 베이스캠프가 되어버린 셈

뒤로는 통영의 명산이요 성산이라 할 만한

461m의 미륵산이 배경으로 있고

오 분에서 십 분이 채 안 걸리는 주변에는

도서관, 미술관, 책방에다 작고 예쁜 카페가 여럿에

입맛 당기는 대로 맛깔진 먹을거리들을 선택할 수 있는

음식점도 많다

사는 동네에 비할 바 없이 버스도 자주 다니고

오후가 되면 주민 몇이 전을 펴는 야채시장도 서고

24시 편의점까지 있으니 불편이라고는 없는 곳

하지만 나는 이곳에서 온전히 편치만은 않다

주인의 손이 닿지 않아 아래위로 풀이 무성히 자라버린

옛집, 비가 새는 지붕

소 잃고서 외양간 고치는 격이라도

더 이상은 미루지 않고 지붕 보수를 하고

다시금 나의 제1 베이스캠프로, 꽃자리로 돌아가야 한다

몸이 제 아무리 편하면 무엇 하나

일찍이 생각대로 살지 않으면

사는 대로 살게 되는 이치를 배워 알아

나는 누가 무어라 해도, 제 아무리 불편하여도

몸의 편리를 자발적으로 멀리하는 삶의 방식을 선택해

살아오지 않았나
이곳에서도 하루 너댓 시간은 음악을 듣고
책을 읽고, 가까운 약수터로 물을 뜨러 가기도
짧은 산행을 즐기기도 하지만
가고 머무는 자리 마다를 꽃자리로 여기며
가꾸며 살고자 하지만
딸이 여행에서 돌아오자마자
어쩌면 돌아오기도 전에 나 눈감고도 훤한 대촌마을
모두의 꽃자리로 들어갈 것이다
살아온 대로, 생각한 대로 살 것이다

팔월에

봄에 뿌린 몇 톨 씨앗에서
봉선화가 참 많이도 났다
길고 긴 장마 끝에
귀한 볕뉘 드는 날
꽃 너댓 송이 잎사귀 서너 장 따서 작은 돌멩이 하나 주워
넙적돌 위에 두고 봉선화꽃 잎새 짓찧었다
양손의 약지와 새끼손가락에 얹어서 한 시간가량을
세 평 가웃 뜰을 맴돌다, 손 쉬운대로 스카치 테잎을
잘라서 꽃물 올린 손가락을 감쌌다
이제 밤 지나 새벽이, 아침이 올 때까지
곱다시 손을 모셔야 한다
올해도 봉선화 피고 손톱에 꽃물 들이는 호사를
누릴 수 있어 기쁘다 고맙다
팔월
광복 기념일을 하루 앞둔 저녁…

안부를 묻습니다

구월의 첫 아침

해가 막 떴을 터이지만

오랜만에 천개암까지 가보기로 합니다

집을 나서자마자 '애교'를 만났습니다

십 년은 더 살았을 증증조 할머니 고양이

그가 대촌 우리집 뜨락을 제 집 삼고 다섯 마리 새끼를 낳고

그 새끼가 에미 되어 새끼 낳고

새끼— 새끼— 새끼—

도대체 몇 배 인지 몇 대인지 모를 고양이들이

죽을 때는 다 어디로 가서 죽고

또 사라지기는 어디로 사라져 버리는지…

엊그제도 뒤란에서

태어난지 얼마 되지 않은 아기 고양이들을 보았는데

할머니 애교는 이제 웃땀 전체를 제 구역 삼고

홀로이 표표히 어슬렁거립니다

안녕! 애교야!!

구월의 첫인사는 애교의 몫

딸부잣집 지나 민석 씨네 지나 순자 씨네

담 너머 보아하니 두진 씨는 이른 아침의 커피 한잔 홀짝이고

내가 순자 씨, 순자 씨이─ 부르는
여든 살 순자 씨는 샛빨갛게 익은 고추 잔뜩 쌓아두고서
고추 꼭지를 따고 있네요
커피 한잔? 했더니
내가 커피 청하는 줄 알고 두진이 잔 들고 일어섭니다
아니 아니, 아침 커피 한잔 하냐고…
나, 산책 가, 하니
순자 씨 "'무신 운동을 인자 가노?" 합니다
그러게요오─
현일 오라버니네 옆집 서영 언니네서
앙앙 왕왕─ 왁살스레 두비가 짖고
청끝 지나서 천개미
'하늘이 열리는 동리'라니요
우리 동네 대촌에서는 딸부잣집 중규 씨도
상식이 아부지 재민 씨도 어쩔 땐 순자 씨까지 유모차
밀고라도
산책 아니 아침 운동 하는데
천개 사람들은 내가 알기로는 아침 운동하는 사람 없습니다
그 동네 한결같이 바지런한 아침의 사람들 몇이
혹은 고구마줄 따고 요 며칠새
불어난 물에 대파도 씻고
오늘의, 아침의 일들을 합니다
끼니를 거르지 않듯이 날이 날마다 일하는 땅의 사람들
물소리 처얼 철

숲에서는 이 무슨 꽃내음인지

먹고 싶어지는 달큰한 향기

천개암 마주 보고

(대웅전보다 주로 이백 살 넘은 은행나무 보고)

허리 한 번 깊이 굽혔다가 되오는 길

고급 승용차 한 대 쫘악 길을 열고 올라옵니다

창을 내릴가 말까 하는 눈치

어쩌면 안면 있는 사람이 탔을 수도 있겠지— 짐작합니다

오는 길에 애호박도 보이고 깻잎도 지천

풋감은 익어가고 박도 덩실

대추나무에도 대추알 다다닥 열려

나뭇가지 휘청—

구월

가을임이 분명한 아침

홍선 언니 내외가 널찍한 일터에서

깻단을 엮고, 방아도 연신 탈탈탈

언니, 야위었네요

아이다, 여름내 이리 일한다꼬—

순자 씨는 그새 고추 일 끝내고

올라오다 만나진 수임 언니 낯빛 밝아 보이고

에구, 애교야

또 만났네

밥은 먹었어?

가을 손님

처서
땅에서는 귀뚜라미
하늘에서는 뭉게구름이
처서라는 절기를 타고 온다는 날
태풍 소식에 섬살이를 접고 뭍으로 온 세 사람
야옹 님 호심 님 강 대장
그이들을 맞이하느라 유리창을 닦고
대추차를 고으고 빼때기죽을 끓였다
태풍 전야의 고요함
만날 사람은 어찌해도 만나지고
끼리끼리 어울리게 되는 유유상종은 이번에도 어김없었다
교토 사는 야옹 님은 엽서로만 안부를 전하다가
실제로 만난 건 지난해 늦가을
들의 늙은이라 스스로 칭하는 그이는 내가 보기에
인간의 좋은 품성, 바람직한 덕목은 다 갖춘 사람
열려 있으되 겸손하고
탐구하되 즐길 줄 알고
진지하면서 유쾌하고
무엇보다 그이의 큰 장점은 귀 기울여 듣는 사람

순수와 천진, 정직과 성실과 겸허함이 온몸에 밴 사람
녹내장으로 한쪽 시력을 잃고
귀가 잘 들리지 않아도
누구보다 잘, 밝게 보고 제대로 깊이 듣는 사람
호심 님 강 대장은 사흘 전 처음 만났지만
담박에 우리가 같은 과임을 누가 먼저랄 것 없이
알아챈 사람들
동백계단을 올라, 바다가 한 눈이던 그 작은
섬집에서의 몇 시간이
어찌 그리 천연덕스럽고 유쾌 흔쾌하였던지
미술교사였고 오래전 어린 아들을 앞세웠다는
자애가 온 얼굴에 목소리에 깃들었던 사람 호심
강 대장은 십 년 여행학교 행동대장답게 글로벌하고
매사에 시원시원 툭 트인 품새에 여장부
그이들이 툇마루서 빼때기죽 두 공기씩 먹고
대추차 마시고
불과 한 시간 머물다 휘리릭 바람같이 가는데
지금 가지만 머지않아 다시 올 줄 알고
단 두 번 만남에도 이미 굳건한 연대감을
촉으로 피부로 아로새기는데
호심 님— 마더
그이를 포근포근 온 가슴으로 끌어안고 작별하는 자리
강 대장 차 시동거는 소리
그이들 떠나자 드디어 태풍 시작

우두두— 빗줄기 시작
나 통영 사람인데 통영 사람인 나한테 강 대장이
한사코 안기고 간 멸치상자
멸치상자를 비받이 삼고 뛰다시피 돌담길 들어서는데
아, 처서
가을 손님
귀뚜라미와 구름과 태풍에 더해
사람의 향기와, 향기와—

혜령이와 두지니
― 두진이에게

두지니는 빵 만드는 아저씨
혜령이는 빵 파는 아줌마

아침 여덟 시부터
늦은 세시까지 빵 만들고
일 끝났다 손 탈탈 털고 퇴근하는 두지니는
참새 방앗간 앞 못 지나는 격으로
날이 날마나 점방집서 쐬주 한두 병은
걸쳐야 날 저물고 잠들고

똘똘하고 바지런한 데다 억척같은 혜령이는
마트 문 닫는 시간까지
혼자서 빵 팔고
밤 열시 되어서야 퇴근한다

대촌마을 청년회장 감투
두 번째 둘러 쓴 두지니

아침에 전화했다

두진아
이 지구온난화 기후위기 시대에
우리 올해도 동네에 나무나 심어야 되지 않겠어?

나무 값은 저금통 깨서 댈 테니
어디에 무슨 나무 심을지는 니가 정하고
나무 심는 일은 청년회 동원해서 하모 되것제?

삼월도 열이틀
오후에 일 끝나면 두진아
나무 사는 핑계로 누나랑 데이트 어때?
기왕이면 산양일주도로
드라이브도 한 번 시켜주라아―

미숙이와 희주니

지난 월요일에도 비가 왔었다

칠월 장마가 아직도 끝나지 않은 것일까

오늘도 세찬 비소리에 잠 깬 아침

지난 월요일

바로 그날 나는 난소암으로 투병중이던 친구를 보냈다

이제는 목소리를 들을 수도 얼굴을 볼 수도 없는

친구의 빈자리는 작지 않지만

앞으로도 나는 친구를 잊을 수 없겠지만

누군가가 떠나고 누군가를 보내고 나면

꼭 그 빈 자리에 다른 누군가가 들어선다

먼저 간 그 사람을 대신할 수는 없지만

사람 하나 떠나보낸 자리에 다시 들어서는 사람

결국 사람

사람인 게다

모래알같이 많고 많은 지구별 사람 중에

이번 생애에 가족이나 친인척을 제하고

수십 년 관계의 끈을 놓지 않고 이어오는 사람들

더러는 먼저 보내고

더러는 남아 지금도 아직도 간간이 안부를 묻고

전하는 사람들

그런 사람들 중에

굳이 안부를 묻지 않아도

언제나의 기도 속에 마음속에 함께인 사람들이 있다

언제 대뜸 전화를 걸어오고 언제 불쑥 나타나도

한결같이 변함없이 반가운 사람들

그런 많지 않은 사람 중에

희주니와 미숙이가 있다

바늘과 실이랄지 실과 바늘이랄지

그들은 천상 천생연분이고 아삼륙인 커플

그간 희주니가 바리스타를 따고

장애인 카페에서 일한다고

미숙이도 교대 근무자로 그곳으로 일을 간다고

커피며 국화차에 미숙이의 손글씨로 부쳐 온

편지 한 통 받은지 삼 년

그 삼 년은 팬데믹 삼 년이기도 했다

더 이상은 못 참겠다고, 자기들 살던 거제로

코에 바람 한 번 넣으러 가는 길에 참새 방앗간 들르듯

우리집에도, 나 보겠다고 온단다

일주일

꼭 이레 뒤면 미숙이와 희주니가 온다

희주니는 간밤 전화로 여전히 유쾌통쾌

희주니표 농을 날렸지

잘 지내요?

잘 몬 지너요

왜―에―요?

이뿐 시인샘 못 보는데 어찌 잘 지내나요?

후― 듣기 좋으라고 하는 말이네

아니― 아니― 지―ㄴ―짜 예요

미숙아 맞제? 전화 받아라―

이제는 목발조차 짚을 수 없어 휠체어를 탄다는 희주니

부모도 모른 채로 버려져

고아원 원장이

그래, 가수 최희준 있잖아, 최희주니 해라―

그날로 최희준이 된 희준 씨

그 희준 씨가 고아라도, 타고난 소아마비 신체로도

너무도 유쾌하고 긍정적인 성품으로

무시로 주변 사람 웃겨 가며 이름값 하니라고

기타도 치고 노래드 부르고 하모니카도 뽕뽕 불어제끼고

왕왕 불러주는 무대에도 오르면서 한창 때 보내고

삼십 년 전 그때나 지금이나 사랑스럽기 그지없는

미숙이를 짝지로 참 예쁘게도 살고 있다

미숙이는 두 팔의 근육이 제멋대로 홀랑홀랑인 사람

그치만 그 미숙이 나보다 글씨도 더 잘 쓰고

나보다 요리 더 잘하고, 예쁘디예쁜 얼굴만큼이나

마음씨도 천사표로

몇 해 전부터는 둘의 둥지에 친정 부모님까지 모시고 산다

오빠! 오빠아―

미숙이 목소리만 들어도 좋아서 까무러치는 희주니

세월 앞에 장사 없다고

한 오 년 못 본 사이 이제 오십 줄 들어선 희주니도 미숙이도

나이티가 날라나?

하긴 내가 그 사이 올 데 갈 데 없는 할마시가 되었시니

아. 친구를 보내고 허전하고 쓸쓸도 하였던 자리

그 마음의 자리에, 친구 보내고 불과 2주 뒤인

팔월의 첫날에

서울보다 먼 이천에서 미숙이와 희주니가 온다

나는 간밤 불쑥 전화 받은 그때로부터

소낙비 쏟아지던 새벽에도

비 그친 이 아침에도

그러고는 달날 불날 물날 나무날…

일주일 내내 손꼽으면서 조금은 설레면서

그 사랑스런 커플이 우리 동네 소골, 우리집 꽃자리

돌담 들어설 팔월의 첫날을 기다릴 것이다

가만있자아―

우리 만나서 저녁 같이 먹자 했는데

외식보다 당근 집밥

국수 삶아?

감자수제비?

그도 아니면 내 주특기인 된장찌개 정식?

쓰라구요

만난 지 얼마 안 되었는데 존경스런 마음이
절로 우러나는 그런 사람이 있다
나에게 그런 사람은 크레인 기사 용대 씨와 농부 창온 씨
용대 씨는 지난 해
창온 씨는 불과 보름 전에 만나진 사람
용대 씨도 창온 씨도 삶과 경험에 있어
단연 본이 되는 사람들
유행가 가사 아니어도 그들 앞에서 나는
작아지고 부끄러워진다
책 한 권 내지 않고도 이미 뛰어난 이야기꾼이자
작가 뺨칠 만치 살아있는 글쓰기를 사는 사람들
홀어머니 손에 커 고1 중퇴하고
한진중공업 크레인 기사생활
이십 년 차인 용대 씨
남매 장성하고 환갑 지나도 아직도 옛적 동료들 뒷바라지로
현역인 사람
성주 사람 창온 씨는 통영 남자 만나 시집 온 지 사십 년
사흘 밤낮을 풀어도 다 못 풀 그네 살아온
굽이굽이 실꾸리 이야기

미용사 영양사 풀빵장사 호떡장수에 뜨개질 옷가게…
심지어는 남정네도 하기 힘든 덤프차 기사까지 했더라는
지금은 농부살이 십 년 차인 억척이 창온 씨
그들 삶의 이야기는 내게 존경을 넘어
부끄러움을 알게 하였다
주제 넘은 데다 마음만 앞서고
용기나 열정만 열 배 백 배로 살아 온 나를
내 지난 날을 돌아보게 하는 두 사람
숨은 이야기꾼에 숨은 글쟁이인 용대 씨와 창온 씨에게
나는 또 옆구리 찌른다
쓰라고, 쓸 수 있다고…
직접 쓴 그들의 이야기. 나를 포함한 적지 않은 독자들을
울리고 웃길, 웃고 울게 할
그이들의 책이 머지않아 세상에
나오길 기다린다.
누나로 언니로 예비 독자로 간절히…

일냈다! 내 남편

뒤란 구석 자리로 길려나 있던 텐트며 배낭이
햇볕마당으로 나온 건 일주일
날씨도 푹하니 풀렸으니 나설 참인가 봅니다
간다 온다 언질 한 마디 없고
부부 사이에도 숨기고 싶은 것 많은 사람이지만
척—하면 삼척
내 남편이 이 오월에
산천경개 우람을 나서 보겠다는 심사를 내가 알지요
숱하게 길을 나서 해파랑 남파랑 걷고
드디어는 ㅅ 해랑길을 바야흐로 목포 지나 무안 남쿠까지
나아간 나
인색 무심키가 타의 추종을 불허하는 내 낭군이
내가 제일로 좋아하는 홀로 걷기
산티아고 순례길 대신에 살아생전 내 발로 우리나라
코리아 둘레길 찾아 걷는 것만큼은 말리지 않고 두고 봅니다
길 도중에 만나지는 사람들은 하나같이 묻지요
왜 혼자 걷나?
아저씨는 뭐 하시냐?
남편은 어찌 여자인 당신을 사방 천지 혼자서

그리 걷고 돌아다니게 두냐

안 무섭냐, 안 심심하냐

끝에 가서는 결국 걷는 나보다 남편이 대단한 사람 되지요

책 사 모으고, 읽고, 자나깨나 하루 왼종일

책에 자료 더미에 묻혀서 시간 보내는 것이 젤로 좋은 사람

나는 젊었던 한때, 두 번의 인대수술로 고향 떠나

객지의 병동에서 걷는 자유를 빼앗긴 채 꼼짝없이

팔 개월을 붙들려 있어야만 했던 사람

휠체어와 목발을 졸업하기까지 일 년이 걸렸던

그 세월을 생각하면

그때나 지금이나 내 바람은, 걸을 수 있을 때

우리나라 구석구석을 걷는 것

그래 나는 답하지요

남편은 뭐해요

책만 봐요

그래도 그렇지 혼자라니

혼자가 좋아서요

그리고 우리는 각자 좋아하는 걸 하기로 했거든요

그렇습니다

집안일이나 남자라면 마땅히 해야 할 일보다

일평생 책 사 모으고 자료수집(통영 문화 · 예술에 관한)

하는 데에 열심인 사람

그런 남편을 내가 타박하거나 여자면, 아내면

으레 할 법한 잔소리 아예 않는 것처럼

내 남편도 당일치기 혹은 2박 3일을 훨훨 새처럼 날아가
걷다가 걷다가 매우 충만해져서 돌아오는 나를
기꺼이 보아냅니다
우리 주변의 지인들
하나같이 남편 앞에서 남편에게 보다 나 들으라고 말합니다
참 대단하다고…
그렇지요, 대단하고 말고요
그렇지만 내 남편의 대단함은 일 년 열두 달 거의 하루도
빠뜨리지 않고 눈뜨면 하는 그의 아침 운동과
밥 먹고 차 마시는 시간 빼고는 하루 열 시간 열두 시간
주구장창 돋보기 쓰고 책이나 자료 들여다보고
깨알같이 필사하는 내 남편의 한결같음
그 신념과 집념이 대단하고도 존경스럽습니다
암튼 그리 살고 그리 살아온 남편이, 몇 년 만에 혼자
길양식에 마시는 차에 텐트까지 메고서
오늘 드디어 길 나선 것
일흔 둘 흰머리 할아버지가
니 그랄세 나 그랄세
나라고, 이 나이라고 텐트 잠 못 자랴
혼자 훌훌 못 다니랴, 작심하고서는
이른 아침 내가 서둘러 차려준 찰밥 한 그릇 뚝딱 비우고
챙겨준 떡이며 빵이며 사과즙이며 바리바리 지고서
집 나섭니다
여보. 나 갔다 오께

으응, 안녕. 잘 갔다와―

키만한 배낭을 멘 남편의 뒷모습 경쾌하게 배웅하였습니다

길 위에서의 시간이 나에게 언제나 새롭고 충만하였듯이

남편의 시간도 충분히 복되기를―

그나저나 이번 여정에 만나지는 사람들은

울 남편한테 나에게처럼 왜 혼자냐고 묻지는 않겠고

머리칼 백발인 데다 키도 크지 않은 남편이 텐트까지 꾸린

커다란 배낭을 메고 다닌다고,

어디가 될지는 모르지만 여차하면 노숙할 낌새였으니

자리 잡아 텐트 치는 내 남편보고

'어르신이 참 대단하다' '멋있다' 할라나?

멋있는 거는 모르겠고 대단한 거는 분명한 낭군님

맘 가는 대로 원 대로 보고 듣고 쉬고

자―알 노시다 오소셔

선물 3

여름은 저녁놀이 곱구나 생각하며
하늘바라기 했습니다
다시 편도가 붓고 목이 따끔거려 일찍 잠자리에 들려 하는데
전화벨이 울립니다
몇 달 만에 듣는 목소리
라미, 라미야—
왈칵 반갑습니다
전화기 저편에서 까르륵 웃는 라미
라미야? 니가 날 이자삤 줄 알았다. 잘 있제?
바빠죽것는데요
응? 바빠? 뭐 한다꼬?
돈 번다꼬요, 알바
알바? 하긴 요환이도 일주일에 두 번 센타가서
알바로 돈 번다더라, 근데 라미야, 바쁘기만 하지
죽지는 마라
까르륵— 라미 웃음소리 더 커지더니
내가 칠월에 안과 간다고 그때 만나서 우리
맛난 거 먹자니까 더 좋아라 웃는 라미
그간 연락 안한 거 아니라 어버이날에도 그 이후어도

두 번 세 번 전화했다 합니다

무선전화기에 발신자 번호도 뜨지 않으니

라미가 언제, 몇 번을 전화했는지 나는 모를 밖에요

우리는 서로 묻습니다

뭐 먹고 싶냐, 뭐 필요하냐고, 보내겠다고

라미도 나도 먹고 싶은 것도 갖고 싶은 것도 없다는 답

그렇습니다. 우리는 서로에게 서로가 필요합니다

그냥 만나고 싶고 보고 싶은 것입니다

라미가 칠월에 나 만나면 점심 사겠다 합니다

어쭈— 돈 번다고

그래 점심은 니가 사라, 나는 2차 쏠게—

선생님 2차도 제가 쏠 거예요

그러면서 덧붙이는 말

요새 마음이 힘들었는데 선생님 목소리 들으니 힘이 나요

고맙습니다

이런 이런 감동입니다

목소리만 들어도 힘이 난다니요

라미야, 내가 더 고맙다 감동이다야

우리 꼭 만나자고 미리 연락하자고 다짐에 다짐하고

전화를 끊었는데

어느새 눈시울이 뜨듯미지근

라미. 뇌병변 1급의 아가씨

우리가 알게 된 세월이 언제이며 얼마인지—

시설에서 가장 심한 장애를 가졌으면서도 누구보다 먼저

자립해 나간 당찬 처녀
그런 몸으로도 얼마든지 사랑도 하고 행복한 처녀
사랑 자체인 아가씨
그애 특유의 까르륵대는 웃음소리를 듣고
왜 가슴이 아릿한지
개구리 소리 왁자한 유월의 밤
한 달은 더 기다려야 하는 칠월의 만남이
벌써부터 손꼽아 집니다
라미는 내 목소리에서 나는 라미 웃음소리에서
힘을 얻은
유월의 밤
우리가 물질이 아닌 이런 안부를 주고받는 것만으로도
뿌듯하고 고마운 시간이 좀 더 자주, 오래 이어지기를
소망해 봅니다

2021년 유월
라미의 웃음소리를 선물받은 초사흘 밤

꽃자리 정식

어제 휘갈긴 메모
7일 12시 꽃자리 정식
찰밥 황태국 나물(3) 전 샐러드 된장찌개 김치 콩불고기
빈대떡 참외 떡 토마토 빼때기죽
식혜— 동현엄마

열흘 전의 약속
오늘이 그날이고 가짓수가 조금 많은 듯싶지만
차려서 대접하고 싶은 음식들
생선토막 하나 없는 풀때기여도
건강하고 편안한 자연밥상을 차려야지 하였습니다
메모에 없었던 도토리묵은 간밤 자다 일어나
우둘투둘 쑤어 두었고
빼때기죽은 시간이 너무 걸리니 생략
녹두 갈아서 묵은 김치 쫑쫑 썬 것 버부려 야심차게
맛깔스레 부쳐내고자 했던 빈대떡도
시원한 황태국도 생략하고
무언가 이 빠진 듯한 그럭저럭의 밥상이 차려졌습니다
오월의 일곱째 날

끝을 알 수 없던 삼 년 여의 코로나 세상이 저으기 풀려

이제 모임 자리도 여행도 가능해지고

더더구나 지금은 오월

오늘은 어버이날 하루 앞둔 경로잔치를 우리 마을에서도

하는 날

거기 가서 가을의 기쁨조로 춤춰야 할 내가

잔치마당 언저리에도 못 가보고 남편의 후배와 그의 부인들

우리 부부 빼고 다섯 명의 점심상을 차려야 합니다

일곱 시부터 부엌에 서 있었는데 설거지 마치니 두 시 반

밥상 옮기며 예솔이 아빠가 말했어요

맨날 이리 묵십니까?

아니요, 우리는 반찬 세 가지 딸랑

우와, 머시고? 맨날 이런거 묵으모 살도 안찌고 건강하것다

맞아요 건강 밥상, 생선 한 마리 없고 국도 없는

아까 담 너머 재길 씨가 자기 텃밭에서 냉큼 뽑아준 상추에

가짜고기 콩단백고기를 맛나게도 싸서 잘도 비워준

오늘의 게스트

동현이 엄마 아빠 예솔이 아빠 엄마 하람 아빠

회관의 잔치마당 갔다가 뷔페 점심 먹고 경품까지 타서 온

울 남편은 만면에 지그시 웃음 띠고

밥상 받은 세 남자 앞에, 축담에 의자 놓고 마주 앉고

워낙에 작은 툇마루 인지라 따로 차려낸 두 여자의 밥상머리

옆 볼때기에 앉은 나는 껍질째 삶은 완두콩

점심 삼아 까먹으며

이러쿵 저러쿵 옛날이야기 주워 섬깁니다
그렇습니다. 우리는 옛날도 그 옛날
삼십오 년 사십 년 지기들
아이들 어릴제 성탄절 연말에 모여서 맛난 거 먹으며
밤늦도록 정담을 나누었던 사이
집집의 애들 입학 무렵까지 꼬박꼬박 모이고
동현이네랑은 이박삼일의 가족여행도 했던 사이지요
시청 과장으로 퇴임하고서 그 사이 손자녀를 다섯이나 보고
둘이 참 보기 좋게 금슬 좋게 늘그막을 보내는
동현이 가은이 엄마 아빠 윤일 씨 숙이 씨
지난 삼월 그이들 사는 아파트 초대받아 갔을 때
그 집 살림살이 한눈에 보아도 따시고 꼬순내가 났지요
숙이 씨는 그날 갖은 나물에 국 곁들여 각자가 덜어서
제 양껏 당기는 대로
먹을 수 있게 가정뷔페식을 차려놓고
꽃차에 과일 후식, 심지어 남은 음식을
앞앞이 싸서 주기까지 했지요
일 층 베란다를 가득 채운 싱그러운 화초며
무엇보다 사위 며느리 손자녀 다 모여 찍은 가족사진
그 사진 앞에서 나는 참 숙이 씨의 삶이
지혜롭고 살뜰하고 훌륭했다고 그러니 성공하였음을 알았고
'평이비범'을 떠올렸습니다
평이비범. 초정 선생님이 그때 마흔 살이었던
내게 남긴 한 마디

그래요. 우리들 중에 그야말로 비범한 평범을 가꾸어 살고
이뤄 낸 사람 숙이 씨 윤일 씨
참— 보기 좋았고 태불렀고 기분 좋았던 저녁 자리였습니다
그 진심을 그날 꽃자리에 먼저 도착한 두 사람에게
차 나누며 전했지요
"동현이 엄마. 그날 동현이네 갔다 와서 내가 몇 번이나
남편한테도 아이들한테도 동현이 엄마 숙이 씨 참 지혜롭게
잘 살아왔다고, 진짜 훌륭함은, 성공은 그런 거라고
말하고 자랑쳤어요. 얼마나 보기 좋았던지…"
"어머, 그래요? 저는 그때나 지금이나 예슬이 엄마가 너무
멋지게 잘 산다고 생각하는데… 그리고 저 이웃 살면서
우리 애들 어릴 때부터 제일 닮고 싶다 생각한 사람이
예슬이 엄마인걸요"
"정말요? 머 나는 내 쪼(멋)대로 사는 사람이고 우리는
아(아이)나 어른이나 각자 좋아하는 거 하고 살지마는 살아
봉께 '평이비범' 그 말이 딱 맞더라니까요. 고만고만 무탈하
게, 평범하게 사는 그것이 막상 집집이 쉽지 않더라고요. 그러
니 가장 잘 살아온 사람이 동현이 엄마 아빠지요. 그라고 윤일
씨! 우짜모 이런 각시를 얻었노? 복도 많지. 윤일 씨도 알지
요?"
"그런가?"
윤일 씨 조금 수줍수줍 눈을 내리깔며 웃었습니다
암튼 이어서
통영서 처음으로 바이올린 교습학원 문 열어서

사십 년 줄창 아이들 가르치고 딸도 어엿한

바이올리니스트로 길러낸 예솔 엄마

건축 계장 퇴임하고서도 건축 현장 감리사로

지금도 현역인 예솔이 아빠

빵, 과자 잔뜩 들고 들어서고 마지막으로 수박 한 덩이

날라 온 하람 아빠

언제 보아도 핸섬 쌤박 깔끔한 모습인 목사님

제가 늦었지요? 해사하니 미소 띠며 들어섰지요

이제 다들 나이 들어가니

밥은 적게 먹고 반찬으로 양을 채우는 듯

여자 상에서는 숙이 씨가 남자 밥상은 하람 아빠 상록 씨가

설거지 수준으로 찬그릇마다를 비워줍니다

디저트로는 숙이표 감주

수박에 쑥떡, 참외까지 그리고 꽃자리표 햇차

오월. 내일은 어버이날

어버이인 우리가 우리 스스로를 기념하고 축하하며

오늘같이 청명한 좋은 날 받아 함께였던 자리

사랑의 크기는 얼마만한 시간을 그와 함께 보내었으며

보낼 수 있는가로 자리매김되기도 하니

두 달에 한 번은 우리 오늘처럼 모이고

여차하면 바깥나들이도 나서 보자고 덕담을 나눈 자리

내가 만든 햇차마냥 조금 구수하고 조금 은은하고

환하였던 서너 시간

동현 엄마 예솔 엄마 손에 차 한 봉지, 책 한 권

들려보내며 그이들 다시 한 번 안아봅니다
잘 살으라고 오늘처럼 또 보자고
모이자고, 말 없는 말
가슴에서 가슴으로 전하였습니다

자비경

밤사이 억수 같은 비가 쏟아졌어요
아침이 지나 오전이 되었어도 그치지 않고
세찬 빗줄기가 들이치면서
처마 아래 세워 둔 평상도 툇마루도 젖고
산천초목도 내 마음도 젖고 있어요
스미는 것
젖어 드는 것
장마비 며칠에 사람의 마음이 이리 젖는 것
새삼 자연 앞에 사람은 참 속수무책 별 도리없이
무릎 꿇을 수밖에 없다는 생각이 듭니다
지금 이 빗속에 일터로 오가는 사람들
이런 비를 무릅쓰고 노점을 차리고 밥을 버는 사람들
병중의 사람들
밥도 물도 귀해서 끼니를 잇기가 어려워 죽어가는 사람들
지금 두렵고 외롭고 슬프고
산다는 것이, 하루를 버티는 것이
너무나 힘겨운 사람들
바로 내 형제자매이며 부모이며 이웃인 사람들
그 사람들을 생각하며 기도합니다 기도합니다

이 지극하고 지독한 삶의 이야기를 쓰지 않을 수 없어서
쓰는 것처럼 나 지금 기도합니다
기도하지 않을 수 없어서 기도합니다
젖은 툇마루를 느리게 느리게 오가며 소리내어 기도합니다

모두가 탈 없이 잘 지내기를
모든 이가 행복하기를
살아 있는 생물이면 어떤 것이든 모두 다
약한 것이거나 강한 것이거나
길거나 크거나 아니면 중간치거나
또는 짧거나 미세하거나 거대하거나
눈에 보이는 것이거나 눈으로 볼 수 없는 것이거나
또 멀리 살거나 가까이 살거나
모두가 탈 없이 지내기를
모든 이가 행복하기를

기도하고 기도합니다
모두가 이 하루 이런 하루가
무탈하기를 기도합니다

4부

연꽃 만나러

정해둔 건 아니었다
마음 같으면 매일 새벽이거나 해거름녘
혹은 밤중에라도 가서 연꽃 만나고 싶었다
그 연지의 마지막 한 송이까지 피고 지는 것 마중하고
배웅하고 싶었다
카메라 대신 눈에 새기고 마음에 새기고
마침내는 심장에 새기고 싶었다
오늘도 백련지로, 흰 연꽃 만나러 가는 아침
아침이라기에도 이른, 날 들기 전의 시각
아무래도 비 한 줄기 할 낌새라 집에서 미처 챙기지 못한
우산을 점밭집 향순 언니한테서 빌린다
만화 캐릭터가 찍힌 샛노란 우산
맘에 든다
한들한들 우산 들고서 들길 내려가는데
뒤에서 차 소리는 아닌, 휘이잉—
돌아보니 천개암 효성 스님 휘리릭 지나치면서
오데 가는데?
연꽃 보러
우리는 족보 까고 보니 어릴 적 한 동네서 크고

그는 내 초등학교 가마득한 후배이기도 해서
서로에게의 말투가 들었다 났다 대중 없다
연꽃 보러 라는 내 말 아니 들었을 리 없는데
스님은 바삐 가버리고
집에서 어림잡아 삼십여 분 거리, 머잖은 곳에
연밭이 생긴 거 안 지는 불과 여드레
오늘로 나는 세 번째 연꽃 만나러 가는 것
좀 더 걷는데, 웬일?
스님이 오늘은 자전거 운동 터닝 포인트인
죽림도서관 안 가고
면소재지까지만 갔던지 재우쳐 온다
헤―
연꽃이 어데 있는데?
저기― 산들애연수원 저 짬치
산들애?
대충 알아먹는 눈치 끝에
스님, 나 맨날 연꽃 보러 가지롱
머한다꼬 맨날 가노, 사진 찍어서 집에서 보모 되지
함서, 스님이 메롱
혓바닥을 내밀고 간다
사진? 그까이 거, 나는 눈에 담고 가슴으로 찍지이―
질세라 나도 얼라리 꼴라리 메롱이다
폰 같은 거 내 인생 사전에 없고
놀기도 글쓰기도 벅찬데 언제 사진까지 찍겠다고 설치겠나

하긴 사진 찍는 것도 노는 건 마찬가지지만
암튼 간다
미명이 막 걷혀가는 들길
오늘 아침의 시작은 연꽃을 영접하러 가는 일이다
운이 좋으면 한 송이 연꽃이 가슴 여는 걸
볼 수도 있을 터…

연꽃 만나러 2

수런수런
우산 만한 연 잎사귀에 빗방울들 고여 있다
미당의 시에서처럼
연꽃 만나고 가는, 만나러 오는 바람 한 줄기 지나고
꽃밥도 꽃대도 연잎들도 지고 있는 꽃들도
잠시 흔들린다
안녕, 고마운 아침
이라고 인사한다
연지를 반 바퀴 돌았는데 지금 막 피어날 낌새의 꽃 한 송이
옳다구나 하고 한 송이 백련 곁에 선다
오늘은 너가 나의 꽃
날 내치지 않는다면, 아니 내칠리 없으니
내가 너의 세상 너의 우주가 열리는 것을 지켜 볼게
연초록 커다란 꽃받침 네 잎이 제법이나 큰
꽃봉오리 아래 펼쳐져 있다
요모조모 살피다
연밭에 들어설 수는 없는 노릇이라
오십 센티 삼십 센티 급기야 십 센티쯤으로 바짝
고개를 기울여 꽃을 본다

언제 펴질지 낌새르는 금방이라도 기적처럼 꿈결처럼
펼칠 듯한 연둣빛 꽃잎이 가슴을 오므리고 있다
빗방울이 후드긴다
맞기에는 조금 곤란한 비
우산을 빌려 오길 잘했다
그 연꽃의 머리 위에도 우산 곁을 내어 주려다 관둔다
스스로도 부질없고 우스운 짓 같아서
휘— 둘러보다 이미 무수한 꽃들이 져버린
줄기 끝에 연밥이 달려 있다
연초록에서 적갈색으로 여물어가는 연꽃의 씨방
혹은 고개를 수그리고 혹은 하늘을 우러른 연밥들
오른쪽으로 보니 아주 작고 단단한 봉오리 두 송이
숨은 듯 연잎사귀 아래 있다
봉오리가 커지고 꽃이 피려면 며칠은 더 있어야겠지
그러자 다시
오늘 아침의 나의 연꽃을 마주하니
어린 왕자의 장미 한 송이 생각난다
수백 수수천간 장미꽃 중에 어린 왕자가
살뜰히 물을 주고 말을 걸며 키운 딱 한 송이 장미
나는 왕자처럼 물 한 번 준 적 없는데
그러니 이 연꽃을 감히 나의 꽃이라 말할 자격도
애시당초 없는 것인데
인간은 참 나는 얼마나 몰염치에 막무가내요 제멋대로인가
비가 멎는다

우산을 접고 다시금 눈 맞추는 사이
툭— 마치 무언가 떨구어지듯 소리를 내며
오므리고 있던 겉 꽃잎 한 장이 내려앉듯이 아래로
펼쳐진다
그렇지, 연꽃은 아니 세상의 모든 꽃들은 필 때 소리를 내지
우물가 노랑어리연 한 송이 필 때 피어날 때
팟! 내게는 벼락이고 천둥소리였던 그 소리를
내 귀로 분명히 듣지 않았나
그래, 어찌 산통 없이 생명의 첫 순간이, 태어남이 있으랴
신비롭고 신비롭다, 눈물겹다
근데 다시 꽃잎은 더 이상 좀체 열리지 않는다
하기는 꽃이 무어 바쁘랴
꽃이 피기를 기다리는 사람이 하마나 하마나 초조할 뿐
산유화를 부른다
산유화야 산유화아야 너를 두고
내가 우운다—
산에 산에 꽃이 피이네
이번에는 시 읊기
으음 뭐하지? 하다
이럴 때는 단연 '내 사랑은'
아름답고 고운 것 보면 당신 생각납니다
그리고 보니 한 사람으로부터 즉석에서 바로 앞에서
노래와 시를 선물 받은 연꽃은 이 세상에서 애뿐이지 않을까?
쓰잘데기 없는, 유치한 자화자찬이 잠시 지나고

이제 왔다리 갔다리

꽃이 마저 피기를 기다리다 기다리다 자발적 거리두기 시작

주변을 살피며 보자아—

콩밭이 있고, 매실나무 몇 그루

숨은 도라지꽃 두 송이 피어 있고 추레한 잎사귀 매단 채

시들고 있는 옥수수대

들깨밭에는 검붉게 바랜 장화 한 켤레 거꾸로

장대 끝에 매달리고

저만치 몇 마리 말이 콧김을 뿜어내는 마구간

풍차 모형이 있는 주말농장에 박들이 주렁주렁 매달린

비닐하우스도 있다

다시 나의 연꽃 앞으로—

여덟 번째 꽃잎이 벌고 있다!

손으로 꽃대를 잡고 꽃가슴 들여다본다

노오란 씨방 굽슬굽슬 가지런하게도 모여 누운 수술 테두리

향기 향기— 아, 이 향기라니

한 시간은 조히 지났음직한 시간

꽃잎을 센다, 두 번 세 번

열일곱 아니 정확하게 열여덟 장

연꽃이 모두 열여덟 장의 꽃잎으로 피는지는 나는 모른다

나는 무엇인가를 굳이 알려고 하지 않는다

다만 보고 듣고 느끼고 즐기고 노는 거

그것이 내 육십 평생 일이었고 남은 생애의 일인 듯도 하다

가난도 고통도 가만가만 조마조마

주시는 대로 오는 대로 받고 이만하면 괜찮다고
그저 살아 있는 것 움직일 수 있는 것 고마워서
산다는 것 무엇이건 누구이건 눈물겨워서
그것이 벅차서 글로 쓰지 않을 수 없는 것
그것이 내 일이었다
나아가 좋아서 나눌 수밖에 없는 거 나누고 싶어지는 거
말로든 글로든 차 한잔 혹은 밥상으로든—
드디어!
아홉 번째의 꽃잎에 이어 열 번째의 꽃잎 한 장이
내 눈앞에서 열리고 있다
여기서 지금, 한 우주, 거룩한 화엄 세계가
열리고 펼쳐지고 있는 것이다
시간이 많이도 흘렀겠다
한 시간은 더 지켜볼 수 있지만
집에 묵고 있는 손님도, 곧 출근할 남편도
생각해야 한다
오늘은 여기까지—
입 맞춘다
짧지만 깊게
흠향
오늘 아침 나의 끼니는 연꽃 향기…
비는 그쳤다
영혼도 위장도 가득 차서
돌아가는 길
어서 가 이 느낌을 다시 없을 이 만남을 써야지…

연꽃 만나러 3

오늘도 연꽃 만나러 가는 길
어둑살에 앞서 걷는 이
김중구 씨다
지팡이는 가로로 해서 허리 뒤로 잡고
천천히 찬찬히 걸어서 천개미 들판 한 바퀴
일곱 딸 낳고 길러 딸부잣집이라 일컬어지는 아저 씨네
삼 년 전 서집 지어 차 서너 대 너끈히 들이는
마당이 훤한 중뜸 길갓집
명절이나 김장철 동리서 제일로 북적대고 화기애애한 집
중구 씨, 구도 밝다
내 발걸음 소리에 뒤돌아보시길래
잘 주무셨습니까, 인사한다
저 아래 방앗간 앞에는 유모차에 장 짐을 끌고 가는 적덕 댁
오늘이 장날이로구나
적덕 댁은 수십 년째 약초 캐다 말리고 쪄서
장날 장에 내다가 돈 산다
오늘은 뭐 갖고 가세요? 하니
육모초, 인진초, 머 맨날 약 풀로(팔러) 가지
돈 많이 사서 오셔요 하고 걷는데 적덕 댁

참 부지런타 부지런 해— 내 등에 대고 한 마디

'풀도랑' 못 미쳐서 휘이잉

천개암 스님의 자전거 페달 소리다

오늘따라 마스크 착용

여느 때마냥 휘리릭 지나치지 않고 몇 마디 말을 섞는다

연꽃이 어디 있느냐부터

자전거로 아침 운동 시작한 지 4개월 됐단 말까지

스님 보내고 정희네 소막 지나면 오른쪽 천개이장댁

앞의 백구

무늬만 전통찻집인 왼쪽 집 마당에 사나운 흑구 두 마리

동네가 시끄럽게 짖어대던 두 마리 개가

이제 내 발자국 소리 내 냄새 아는지 더 이상 짓지 않는다

조용해서 좋다

연밭 다 와서야 날이 밝는다

나와 오래 눈맞춤했던

내 눈앞에서 피어나고 어제만해도 여덟 장의 꽃잎을

달고 있던 그 꽃이 밤사이 홀연히

꽃잎 다 떨구고 연초록 연밥만 달고 있다

어디를 보아도 어제의 꽃잎 자취 없다

연밥 매단 줄기를 슬몃 만져본다

고개를 기울여 코를 갖다 댄다

아, 향, 연꽃의 향은 씨방에 있었던 모양

향기는 남고 꽃은 졌다

사방을 휘— 돌아본다

아직 어림잡아 쉰 송이 정도의 꽃이 남아 있다
더러 봉오리도 보인다
그래, 마지막 연꽃이 질 때까지 아침마다 오자
연지가 온통 연밥 연씨로 채워질 때까지—
사람도
이생의 몸을 벗어도 향기는 남는다면…
하긴 오래 가는 향기의 사람도, 이름도 있다
정채봉의 동화 아니면 누구의 시였던가
'멀리 가는 향기'는
오는 길에 는 둘러보러 가는, 엊그제 모친 보낸
택진 씨 만나고
몇 걸음 더 걸어 현일 오라버니도 만나고
또 점방집 지나자마자 밭일 가는 흥선 언니도 만났다
신아침마다 백련지로 연꽃 만나러 가는 걸음이
이어지고 있다
아침의 첫 일로 연꽃을 만났듯이
첫 집안일은 남편의 밥상을 차리는 일
어디 보자아—
오늘은 모처럼 특식으로 이밥에 고깃국?

이웃사촌

돌담 한 줄 사이에 둔 집
달티 어머니 사시던 집
어머니 가시고 불빛도 기척도 없이 고적하던 집
내 어머니랑은 이름자가 같아
허구헌 날 담 너머로 어머니 어머니이— 불러대던 집
떡도 전도 식혜며 푸성귀에 잡채도 사흘디리
담 너머로 건네고
건네받던 집
달티 댁 세상 뜨고는 어머니이— 부를 이 없어져 버리고
온기마저 사라져 휑뎅그레 쓸쓸도 적막도 하던 집
우리집 옆집 그 집에 달티 댁 큰아들 재길 씨가 왔다
나보다 세 살 위 뱀띠, 작은오빠랑 동갑내기
예슬아— 예슬아아—
내 이름 두고 딸 이름을 불러대던 어머니 목소리 대신
이제 재길 씨가 담 너머로 날 부른다
아지매! 아지매요—
처음엔, 아닌 줄 알았다
내 어릴 적 고종사촌 언니 부수언니 남편이었던
갑종이 아저씨 말고는

아무도 나더러 아지매라고 호명한 사람은 없었기에. 없기에

김해 김씨 집성촌인 이곳 대촌

이십삼 년 전 삶터를 옮겨와 둥지를 튼 이곳에선 이웃 간에

서로 간에 모두가 아재요 아지매였다

아지매—

정겹기가 그지없는 호칭

내가 그리 불러 달라고 청한 바 없건마는

너무도 아구렇찮게 자연스럽게 그저 나오는 대로

흔쾌히, 담 너머로 큰소리로

재길 씨가 날 불러제낀 호칭

예슬이 엄마도 아줌마도 아닌 아지매

그 부름이 어찌 좋았던지, 좋은지…

어쩌다 내가 담 너머로 재길 씨 재길 씨이 불러서

갓 생기거나 만든 군입거리 건네면 꼭

이리 좋은 거로— 말하는 재길 씨

그 재길 씨랑 나는 오늘 내 볼일로 두 시간가량을

그의 차로 동행하고 이동하며 시간을 보냈다

언제 보아도, 만나도 아아— 감탄하게 되는

산양일주로의 풍경은

오늘따라 더 드맑고 눈부셨는데 아름다웠는데

재길 씨는 그렇잖아도 언제 한번 산양일주도로

혼자서라도 드라이브 삼아

돌려고 했는데 잘 되었다고, 자기가 더 좋다고

두 번 세 번 말하였다

젊은 시절 원양어선 삼치배 탔더라는 그이

5대양 6대주 항구라는 항구에는 다 가보고

호주, 시드니, 멜버른, 그리스, 아프리카까지

구석구석 누비어

텔레비전에서나 누가 여행 얘기하면 관심 밖인 데다

요즘 삼치 보면 그 시절 낚시로 낚아 올리던 백 킬로

(크면 삼백 킬로도 나가던)

삼치 생각나서 우스버라 싶단다

재길 씨

막걸리 좋아하고

마산 집 팔아버리고 처도 같이 와 살면 더 바랄 것 없는데

처는 외손녀 외손자 수발든다고 여념 없어서

앞으로도 몇 년은 혼자 살지 싶단다

촌에 사는 거, 고향 사는 거 나는 좋은데— 하는 재길 씨

환영, 대환영! 나는 무척도 퍽으나도 좋다

담 너머 옆집

사람 기척 없고 불빛도 없던 집에 이제 불빛도

재길 씨 기척도 있는 집

아지매— 부르는 소리도 어찌나 듣기 좋던지

재길 씨가 나 부를 일 자꾸 만들어야 할까 보다

그럴 게 아니라 나도

김해 김씨는 아니지만

집안 사촌보다 어쩌면 더 가까운 이웃사촌이니

나도 재길 씨더러 아재요! 재길이 아재— 하고 부를까나?

정남 선배
— 통영 멸치

남편이 멀쩡하게 다니던 직장에 사표를 내고
몇 해를 책상 붙박이로 지낼 때였다

여름 초입에, 같은 아파트 이웃지로 살던
정남이 언니가 버스 타고 또 걸어서 우리집 왔었다
아저씨 직장도 그만두고 우찌 사노
여름에는 머 별거 있나
꼬장(고추장)에 멜치만 있으모 밥 넘어가지
선배의 손에 들려왔던 멸치 한 포대

그다음 해에도 선배는 멸치 상자를 날라 왔었다
그렇지
통영 하면, 여름 하면 멸치 아닌가베

두 번째 왔을 때
그날사 말고 대촌집에는
창원에서 둘 통영서 둘
네 여자가 와서 빵에 과일에
푸짐하기 이를 데 없는 간식거리가 쌓였었다

그날
점심도 먹고
후배들, 또 낯선 아우들이 떠는 수다 자리에
삼삼한 미소를 띠고 몇 시간을 앉았다 가는 길에
선배는 말했다
예슬아(울 딸 이름이다)
나 인자 안 와도 되것다
니가 머 꼬장에 멜치만 묵고 사는 줄 알았더마는
오늘 본께 오백만 원 월급재이보다 더 따시게 사네

진짜로 그길로
선배는 안 왔고, 연락조차 끊었다
정남 선배의 통영 멸치는 근 십여 년 나의 주된
선물거리 택배거리 통영 홍보거리가 되었으니
서울, 안면도, 부천, 이천, 광명, 옥천, 논산, 구례, 제주
전국 곳곳에 나는 사랑의 빚을 갚니라고 통영 멸치를 보낸다
멸치를 보내는 건
칼슘 덩어리, 즉 건강을 보내는 것
굴도 멍게도 다 통영 것 최고인 줄을 아는 사람은 안다
십일 년 꼬박 내 남편, 책상 지킴이를 했어도
나는, 우리는 굶지도 빚지지도 않았지만
정남 선배처럼 우리 살림살이 걱정해 준
수많은 사람 덕에 살아서는 다 못 갚을 사랑의 빚을
나는 알게 모르게 무지 지고 살은 셈

일흔 나이에 다시 책상 지킴이 된 남편
글고 평생 직업이 주부이자 어설픈 글쟁이인 내 나이도
이제 예순하고도 여덟이다
새터시장에 봄멸 파덕이는 삼월
묵은 김치 쪼가리어 생멸치 찌져서 상추쌈 싸 먹으면, 좀
과장해서 달하자면 둘이 먹다 하나 죽어도 모를 맛

통영 바다에
아버지의 발개 어장 자리에
한산도 앞바다에
멸치 떼 든다!

여름 반찬
마른 멸치에 고추장이면 최상
술안주로도 그만

그나저나
정남 선배는 오데 살꼬
올해 일흔하고도 네댓 살 될 터인데
건강은 어떠하며 손자녀 본다꼬
대촌 사는 후배는 까마득 잊어 삐렀나?

차림새도
말뽄새도 가식이라고는 없던

선배가 생각키는 삼월 아침

언니
언니 덕분에 나 이만큼 살아오고
살고 있어요
멸치 보낼 때마다
언니 생각하면서
선배 생각나면서…

쉬는 날

잠도 밥도 부실해지는 여름
툇마루에만 나서도 질릴 만큼 뜨거운 불볕
두렵기까지 하던 볕이
말복 지나자 마자 언제 그러더냐 싶게 수그러졌다
두어 차례 비도 내렸다
오늘 아침에도 연꽃 만나러 들길 걸어 다녀왔고
점심은 현일 씨 내외랑 먹기로 했는데
무선 전화기가 울린다
나다, 고마 안갈란다
왜에요?
술 마싯다
천원택시 타고 가모 되지, 올 때도 타고 오고,
안 하끼다, 고마 밥 묵은 걸로 하게
오빠! (현일 오라버니는 내 큰오빠 중학 동기다)
왜 그라는데요? 자꾸 그라모 나 상처 받아요
진짜 상처다, 왕실망한다
수자원공사에서 수질검사 나온 두 사람을 맞아
툇마루에서 커피 나누던 참이다
두 사람 다른 집도 돌아야 한다고 일어선다

먹던 방울토마토랑 보리건빵을 지퍼백에 챙겨 드린다

또 오고 싶은 집이란다

얼마든지요

에휴— 현일 오라버니는 왜 그러는 거지?

아내가 동생 사는 밥 먹지 말고 집밥 먹자고 했나

모르겠다, 더 생각 말자

국 데우고 오이무침에 밥 먹는다

아까참에 비 오시더니 그새 해님이 반짝

쉬는 날, 쉬라는 날

팔월도 더위도 기울고 있다

매미 떼의 합창도 더 이상 그악스럽지 않다

오늘은 모처럼 낮잠이나 들여볼까나

창온 씨네 2

창온 씨 밥상은 9첩 반상

강된장 호박잎 가지나물 호박나물 오이지에 고구마줄김치

뿐이리오, 땡초장떡에 육개장까지

내 그럴 줄 알았지만, 짐작했지만

그런 반찬에 그런 정성에 찰진 현미돈부 밥맛은

또 어떻고?

이런저런 이바구 오고 가면서 한 시간 조히

배도 영혼도 다 채운 밥상

밥상 옆에는 행복이

13살. 사람 나이로는 여든 마찬가지라는

눈동자 마알가니 예쁜 말티즈

창온 엄마 말마따나 채소 잘 먹고 과일 잘 먹고

돈부 먹고 심장병도 나았다는 채식견 행복이

묻지 않아도 듣고는 싶었던 창온 씨 나고 자란 이야기

고향은 성주에, 약주 즐기던 아버지 장터까지 십리 걸어가

갈치야 고등어야 한 손 사들고 허랑허랑 느릿느릿 휘청휘청

노래 부르며 저문 길 귀가하던 길

생선 맛은 동네 개 꽹이 먼저라 한 손 아닌 빈 손 된지 다반사

그 괴기 엄마는 아까워 그놈들 잇자욱만 도려내고

타다 만 숯불에 골 틔워 냄비에 복닥복닥

5남 1녀 다섯 오빠 줄줄이 내리 누이 과보호였는데

참견에 간섭이 사랑이었던 줄을 그때는 몰랐어라

감자 고구마 보리 이삭 서리에 별빛 아래 동무와 천방지축

그 골짜기 멱감던 개울이며 고샅고샅이, 뼈에 새겨진

기억이 추억이 몇 가마인데

열 두 살에 눈물 콧물로 떠나온 고향땅을 세상에

오십삼 년 만에 엊그제사 밟다니

애꿎어라, 창온이 객지살이 반백 년

그 반백 년의 이야기

두고두고 실꾸리로 풀려나올 이야기

창온 씨

오늘 그 이야기

내게 들려준 그대로, 말하듯이 써요

그림도 그려요

밭일 들일 다 좋지만 훌륭하지만

이제 좀 내려놓고 놀아요, 놀기도 해요

맛난 것도 먹고 드라이브도 하고…

세 번째 만나서 언니 동생 먹은 우리 사이

언니치고는 참— 싸준다고

갓 딴 고구마줄에 손수 담근 된장, 빨간 무절임에

들깨가루 오디잼, 뿐인가

애 터지게 농사지어서 삶고 말린 고사리 취나물에

아주까리 이파리까지

창온 씨네 창온이와 동동 배 두드리며
즐겁게 유쾌하게 먹고 논 반나절
돌아오는 차에는 수련분까지 실려 있었다
복도 많지, 나는…
번창할 창 따스할 온
힘 안 들이고 돈 안 들이고 공짜배기로
마상촌 들판 같은 창온이 동생 얻은 거
자랑하고 싶어서
이리 글로나마 자랑치고 싶어서—

창온 씨네 3

도산면 마상촌길 37
집 앞에 널따란 도라지 고구마밭은
새벽참에도 저녁참에도 무시로 달려가 엎드리는
창온 씨 일터
대문에는 장미 넝쿨 대신 주저리 열린
칠월의 포도송이
감나무 그늘 아래 작은 쉼터
뜨락 사이사이 심겨진 상추 깻잎
오만 푸성귀 별별 곡식 다 말리는 거치대
뽕나무 매화 복숭아 자두 과실나무 저마다 한두 그루씩
제철 만나 붉은 가슴 연 수련

덤프차 기사 4년, 미용사, 영양사, 건강코디네이트
개인택시기사
심지어는 호떡장사, 뜨개질한 옷장사까지
남정네도 못할 일 다 해본 창온 씨
이사 열두 번에 시어머니 거천한 시집살이 시오 년
아아. 상상도 수월찮은 창온 씨 예순 평생
두고 두고 또 들을 서사

꽃다발 대신에 시 한 편 써서 간 나에게
그 시를 헌시인양 읽은 나에게
기냥기냥 안겨들며 눈물짓던 창온 씨
농부 창온, 열두 권 책이 될 창온 씨 역사
굽이굽이 살아낸 이바구
그녀가 내게로 오고
내가 그녀에게로 가는 날
칠월 장마 끝 땡볕에
창온 씨네 밭곡식 들곡식 마구마구 익어가는
영글어가는 날

친구

— 조레이

내게는 야, 자, 하지 않고
서로에게 꼭 존댓말을 쓰는
동갑내기 친구가 셋 있다
한 명은 고향이 같으나 학교가 달랐고
졸업 연도로 따져도 2년은 늦은 후배였지만
사십여 년 지기로 가까이 지내는 춤꾼 친구
둘은 창원 사는데
그 중 한 사람은 칠년 전
부산의 국제영화제에 갔다가 만나져
몇십 년 알고 만나온 친구보다
짧은 세월이지만 반 백년 알아 온 것처럼
서로를 잘 이해하고 취미도 가치관도 비슷한 친구 미혜 씨
미혜 씨보다 늦게 알았어도
미혜 씨만큼 자주 만나거나 연락하지는 않아도
사람이 너무 고와
세상 살아내기 힘들겠구나 싶고
떠올리면 애틋해지기까지 하는 가냘프고 여릿한 윤옥 씨
그 윤옥 씨
미혜랑

서로를 극존중하고 예의를 차리던 사이
미혜는 미혜대로 윤옥이는 윤옥이대로
내게는 늦게 만났지만 참 과분한 두 친구
둘 다 딸을 시집 보내
손녀의 할미가 되었는데
손녀 사랑이 이루 말할 수 없이 극진한데
윤옥 씨가 많이 아프다
아픈 정도가 아니라 위험 수위일 지경으로
누우면 일어서지 못하고
앉은 자리 발을 까딱하기도 힘들뿐더러
목도 고관절도 고장 나고
한쪽 귀까지 안 들려서
엊그제는 보청기를 끼운다고 서울 병원에 간다 하였다
아, 윤옥 씨
기도의 사람 믿음의 사람
나는 정작 내 아들이 이국에서 강도당하였을 때
우리 아들 얼굴 한 번 본적 없는 윤옥 씨한테
그저 기도해달라고 염치불구 매달렸는데
그 윤옥 씨가 저런 지경 저런 처지임에도
나는 마음 뿐 안타까움 뿐
아무 도움도 힘도 되어주지 못한다
조레이
윤옥 씨의 신앙에는 '조레이'라는 것 있어
아픈 부위에 손바닥을 대고 기와 영을 모아

기도로 치유를 돕는 행위가 있다

무엇이건 간절히 참되게 믿으면 되는 것

나는 윤옥 씨를 만날 때마다

그이의 맑은 향기

그이의 품격을

바로 그이가 믿는 신앙에서 오는 거라고 믿어졌었다

그래서

내 아들이 변을 당하였을 때도

그이의 기도와 조레이의 힘을 빌고자 했던 것

미혜 씨도 윤옥 씨도

참 간절한 기도와 응원을 보태주어

아들은 그 참혹한 상황을 딛고 일어서

아직껏 큰탈 없이 굳건히 제 길을 이어 나아가고 있다

늘 고마웠다

그 두 친구에게 기도의 응원을 부탁한 거

내 주변의 목사님 스님 다 두고

매달렸던 나의 그때 심정은

그대로 두 친구에 대한 굳건한 믿음이었으며 진실이었다

우리 사이의, 친구 사이의 믿음과 진실성

내가 어려울 때는, 급할 때는

(나는 그동안 손목뼈도 부러져 두 친구의 기도와 염려,

힘을 입었었다)

그 친구들에게 기대면서

정작 나는 무얼 할 수 있나, 있었나?

윤옥 씨 몸 안 좋다는 소식에
미혜 씨 편으로 햇쑥 캐서 보내고
우리 집 뜨락에 핀 봄꽃들 한 아름 보낸 것
윤옥 씨
얼른 기운 차려서
꽃자리로 봄나들이 오셔요
편지 한 장 날려 보낸 것
그것이 전부였다
너무 고와서 정결하여서 가슴 아린 사람
윤옥 씨
그이가 그 와중에
내가 만든 햇차 받아 마시고
온몸에 노을빛이 번지듯 했더라는 얘기
손녀에게 읽어 주라고 보낸 그림동화에
답신으로 또 보내왔던 손 편지
아아, 그 와중에 그 몸에
윤옥 씨는 편지 한 통 쓰기가
참으로 쉽지 않았을 텐데, 힘들었을 텐데
윤옥 씨는 그런 사람
나도 '조레이'를 잘 할 수 있다면
그녀에게 달려가 목에 귀에 다리에 허리에
그녀의 손가락 발가락 끝에까지
몇 시간이고 조레이를 할 터 인데
아무것도 할 수 없는 내가 못났고 미안하고

내일은 유월의 첫날
유월이 다 가기 전에 맘 아니라 몸으로
윤옥 씨 보러 가야겠다
그 꽃 같은 사람한테
꼭 그이 닮은 꽃 한 다발이라도 안겨야겠다
그래야만 되겠다

똘순이

일곱 살 푸들

어제는 똘순이가 어째 짖지도 않고

흥분으로 업 되어 어찌할 바를 몰랐습니다

내 손에 제 간식 들려온 줄을 알아챈 것이지요

차해당 차실에 앉아 차담을 나눈 다섯 사람보다

주인 된 존재감이 더 크던 똘순이

이 사람 저 사람 무릎을 비집고 들다가 또 어느샌가

마루의 장난감을 물어 나르며 오락가락 혼을 빼 놓았습니다

차 타고 나들이하는 거 좋아하는 견공도 많다는데

똘순이는 단 한 번 외출에 잔뜩 긴장해서 쉬도 못하여

똘순이 엄마 아빠 멀리 가 1박도 못 한다 합니다

반려견 반려묘

사람보다 더 대접받고 사랑받는

요즘 세상의 많고 많은 고양이와 개들

개호텔에 개장례식장까지 생긴 건 오래전 일

사람은 배신해도 그애들은 배신 안 한다고 사람보다 낫다고

사람 하는 건 다한다고

아이들보다 영리하고 사랑스럽기 그지없다고

조금만 아파도 노심초사 안달하고 슬퍼하고

아낌없는 치료비 병원비 사료비에 간식비를 쏟아붓는 사람들
몇 번 보았다고 고모 얼굴 안다고 말하는 똘순이 아빠
누가 이런 기쁨을 주겠냐고 이제 똘순이 없으면
살맛 안 난다는
영운호 선주님에 차해당 쥔장
살다살다 개 간식 산 거 처음입니다만
앞으로 또 손님 모시고 똘순이네 차 마시러 갈 때면
똘순이 간식거리부터 챙길 것만 같은 예감이 듭니다
말가니 또렷이 내 눈을 응시하던 똘순이 눈망울이
떠오르는 밤
세상 모든 반려견 반려묘 더불어 똘순이에게
잘자! 인사하는 밤

다음은 뱀?

대문도 없는

돌담이 울타리인 누옥살이 만 이십 육년

온갖 물것들 날것들에 물리면서 놀라면서

그래도 사시사철 깨어나는 아침 마다가

기적이라 여기며 살았다 좋았다 고마웠다

마흔 즈음의 빠리빠리 한창이던 나이에 들어와

이제 일흔이 코 앞인 나이

어디 물리고 놀란 것 뿐인가

툇마루에서 떨어져 발등에 금이 가기도

축담에서 빨래 널다가 미끄러져 손목뼈가 부러지기도

찻물에 데어 마흔 날은 꼬박 씻을 수도 없는 화상을

입기도 했다

그래도

그럼에도 불구하고 돌아서면 좋았다 고마웠다

에프킬라는커녕 모기향도 피우지 않고 지낸 여름들

괜찮아 괜찮아 고마워 고마워는

다만 주문이었고 습관성 마인드 컨트롤이었던가

지지난해는 포도 접시에서 튀어나온 왕지네로 경악하고

어제는 쥐!

생쥐도 아닌 내 손바닥보다 훨씬 큰 쥐가 산 채로
변기를 점령하고 있었다
꼭지가 돌고 심장이 내려앉는다는 것은 그럴 때
쓰는 말인가?
그 어제 가고 다시 온 아침에
만리향 속에서 빨래를 널며, 목련나무 아래 부추를 따며
생각한다. 다음은 뱀?
생각은 곧 현실이 되는 것인데, 아서라
내 생각에 내가 무섭다

소리 선물

봄날 같던 기온이 뚝 떨어졌다
한파주의보가 내렸단다
바람도 차서 체감온도가 더 하고 손가락까지 시린 아침
빨래를 너는데 마을의 아침을 울리는 소리
새우젓 사이소 새우젓
깔치젓, 까나리, 명란젓, 소금 사이소—
그래, 김장철이 다가왔구나
배추야 집집이 심어 속찬 둥치가 한아름이니
언제 거둬도 될 참이고 부지런한 동네 언니들 어르신들
김장거리 소금이야 새우젓이야 더러는 사기도 하겠구나 싶다
대촌에 깃든지 스물일곱 해
아침마다 공으로 듣는 새소리가 날이 갈수록
더 지극하고 새로운데
오늘은 고물장수보다 던저 온 새우젓 장수가 우리 마을로 와
아침의 동네 고샅을 울리누나
새소리만, 앞 뒷산 고라니 소리만 선물인가
인터넷시대를 지나 드디어는 AI시대라는데
오래전 '찹쌀떡, 아이스케키—'를 외치던
목청들, 그 소리를 떠올리게 하는 정겨운 소리

나는 뭐 김장도 안 하니 (자랑이다. 쯔쯔)

소금 새우젓 사 쟁일 일 없으나마 저 새우젓 장수

오늘 주머니 두둑하게 돈 사고, 남은 김장철 내내

장사 운 따라 주어서 오는 겨울을 너끈히 춥지 않게

보내면 좋겠다

아저씨 파이팅!

멀어져가는 새우젓 사이소~ 그 소리 뒤에

내 마음의 소리를

얹어 보내는, 십이월도 저무는 갑작스레 쌀쌀해진 달날 아침

농민의 날, 그리고

서영 언니, 그리고 이장님
오늘은 농민의 날
그리고 두 분의 결혼 48주년
날씨는 아침부터 전형적인 가을
추수 끝낸 들판에 마늘 종자를 심은 우리 동네 들녘이
다시 초록의 생기로 덮이는 이즈음
현 이장 현일 씨도 점방집 향순 언니도
부지런쟁이 수임 언니도 금슬 좋은 윗땀 부부도
택진 씨 정란이 내외도 다들 내죽도 농부 잔치에 가는데
왠일이래요? 두 분은 보름째 통영서울병원 9층
입원실 살이라니
찹쌀 불린 거 갈아 호박죽 쑤고
생강 계피 푹 고은 거 한 병 담아 저녁 어스름길 나섭니다
동네 음악회 세 번 치른 날짜 다 오늘이어서
기억하지 않을래야 않을 수 없는 당신네들 결혼기념일
해마다 전화로 혹은 작은 선물로 전한 결혼기념일 축하를
오늘은 어쩔 수 없이 문병으로 병원 가서 해야할까 봐요
엽서를 썼지요. 오늘이 평생 농부로 산 두 분과
마을사람들을 기리는

농민의 날이고
더더구나 결혼기념일인데 두 분은 병원 신세라니
안타깝고 심란하다구요
얼른 나아서 일어나서 대촌으로 집으로 돌아오시라구요
두 분을 기다리는 강아지랑 방앗간 창고며 문전옥답에
텃밭이랑, 무엇보다 정다운 이우지 사람들 곁으로
오시라구요

와서 또 살자구요. 그 집 그 자리서 남은 가을 오는 겨울
겨울 지나 기어코 올 봄을 같이 살고 더불어 맞이하자구요
언니, 이장님.
병후회복 잘 갈무리하고 언제나 활짝 열려있는
기다리고 기다리는 당신들의 마을로 집으로 돌아오셔요
강아지 두비처럼 텃밭처럼 방앗간 창고처럼
저도 날이 날마다 두 분 오실 날
손꼽고 기다릴게요

서영 언니

남편 점주 씨는 일기를 썼다 했다

글을 잘 쓴다 했다

필체도 좋다고 했다

그리 열심히 잘도 쓰던 일기를

구월 육일에 딱 멈추었더라 했다

평소에 말 없어 남편 일기 훔쳐 보고 그

심중을 헤아린다 했다

그리 아픈 거, 몸 이상한 거 제때 말만 했으면

이 지경까지 오지 않았을 거라 했다

말 안 하고 혼자 끙끙댄 거 바로 그것이 밉다고 했다

밉고 말고, 미련퉁이 곰 같으니…

방광암 3기

문병 가니 그 외중에도 잃지 않은 점주 씨 특유의 유머 감각

"아이구 만다꼬(뭐한다고) 이리 오요. 참 내. 차도 없심서"

"택시 타고 왔지요. 오늘이 농민의 날이고

두 분 결혼기념일인티 이리 누워 계시기예요?"

"그러케 말이시"

얼굴은 좋아 보였다

화장실 출입도 혼자 한다

항암 여섯 번, 다음번 항암 치료가 일주일 뒤란다
방앗간 집 점주 씨 일흔일곱 나이에도 일기 쓰는 남자
동네에서 유머와 여유로 첫손 꼽는 이
가져간 수정과, 호박죽, 과일, 냉장고에 챙겨두는
서영 언니 보고, 누구나 하는 말
"간병인이 건강해야 돼요. 언니 끼니 잘 챙기고 조심하세요"
찰밥 좋아한다는 언니 말 새겨듣고 와서
돈부, 팥 삶는다. 찹쌀 씻어 둔다
강아지 밥, 택배 챙기러 집에 온다는 언니랑 통화하고
따끈한 찰밥 한 통 지어서 갔다
마당의 수돗가에서 생강 다듬던 언니
묵은김치에 마늘쫑, 깻잎 장아찌, 얼려둔 돈부며
아로니아, 상추에 쪽파, 부추, 시금치, 가지까지
바리바리 챙겨주면서
호박도 주까? 한다
아니, 아니, 언니, 들고 갈 수도 없어요
담에 필요하면 달라고 할게요
아이구, 이야말로 되로 주고 말로 받은 셈. 친정길 다녀오듯
두 팔이 묵지근하게스리 서영 언니 정 담뿍 날라오면서
아, 어제는 두 분의 결혼기념일
오늘은 우리 딸따니 생일
퇴근길 딸이 모처럼 엄마밥 먹으러 오니
이 푸진 먹을거리들로 파조리개도 하고 시금치나물도 무치고
또 또 부추전도 부치고, 에 또, 무얼 할까?

경쾌하고 즐거운 궁리를 하면서 툇마루에
신문지 두 장 펼친다
언니
언제든지 찰밥 생각나면 나한테 말해요
두 번 세 번이건 다섯 번이건 내가
찰밥 맛나게 지어 드릴게

아침이라는 선물

늘 바치던 세 가지 기도에
올봄부터는 '연결의 기도' 추가
다섯 달째
이제 습관이 된 아침을 여는 기도문
비님이 한 줄기 하시려는지 흐릿한 하늘
노산의 연밭에 간다
지지난해 여름 아침마다 만나러 갔던 연밭의
연꽃들 온데간데없고 무성한 풀밭이 되어버린 땅
우— 아쉽다
주말농장 지나 비파나무 배롱나무 지나
붉은 칸나가 선 재실까지 걸었다가 되오는 길
전두 사는 아주머니가 챙모자에 장화 신고 논 보러 가다가
인사하는 나에게 혼잣말이듯
'새복(새벽)에 비가 왔나. 땅이 쪼끔 젖었네'
그러게, 소리도 없이 비님이 잠시 다녀가셨나?
수백 송이 수세미꽃이 울타리를 덮은 풍경을 일별하다가
무심코 고개를 왼쪽으로 돌렸는데
아! 거기, 그림처럼
아기 고라니 두 마리, 날 보고 서 있었다

예뻐라! 감탄하는 순간
뛰지 않고 자박자박 뒤돌아보며 연지쪽 풀밭으로
가버리는 두 아이
선물이었다
연결의 기도를 바치고부터는 정말이지 날마다
하루에도 몇 번씩 천사를 만난다
새천사, 구름천사, 사람천사, 고라니천사…
기분 좋다
쌍둥이 같은 아기 고라니 천사를 둘 씩이나 만났으니
오늘도 보나마나 행운, 행복이 만땅!
봉선화. 분꽃…
폭염에도 지치지 않고 피어난 꽃들과 눈 맞춘다
전두마을 이장댁 진돗개는 오랜만인데도 그저 눈 한번
깜박으로 무심
정희네 빈 소막은 우람한 은행나무 한 그루가 지키고 섰고
인디언 감자 길러 몇 해를 돈사던 수찬 씨네 '풀도랑'은
계속 성업 중인가?
도랑물 소리, 해바라기 몇 그루
다 기울어가던 양순네 길갓집이 지붕도 새로 얹고
툇마루에는 장판도 깔려 훨 깔끔해졌다
우리 동네 최고령 양순 어매는 구 학년 육 반
나이 아랑곳없이 사부작사부작 밀차 밀고 댕김서
마늘 농사 까 농사 고구마 농사까지 혼자 다 짓는다
몸뻬는 언제나 허리 아래 걸쳤어도

잇몸만으로도 잘만 드시고 소화도 잘 시킨다는 어매
방앗간 앞 텃밭에서는 서영 언니가 고메줄 따다 말고
"볼째(벌써) 갔다 오나? 떱어서(더워) 우찌 사노?"
"맞아요. 언니, 올해 젤 덥네요"
"떱은데 집에 있지 말고 회관 온나,
어지(어제)도 나 혼자 있었다"
"언니 혼자 있을 때 전화하세요"
그러고는 다시금 할랑할랑 부채 바람 일으키며 오다가
순자 씨네 마당 일별
그저께 다 익지도 않은 성근 포도송이를 예닐곱 가지나
전지가위로 잘라준 순자 씨가 마당에 있었으면
또 포도 따 달랄 뻔했지만 무사통과
장미집 뜨락에는 이 염천에도 지지 않은 분홍 장미
스무남은 송이나 달렸고
그나저나 여름 다 가기 전에 손톱에 봉숭아물
다시 들여야하나
즐거운 궁리도 잠시
보자, 오늘 아침부터 만나진 천사들은?
오늘 아침 받은 가지가지 선물은?

밥 먹기 글쓰기

아침은 밥물 반 공기, 점심 미숫가루,
남편한테는 청국장에 감자전도 장만해 차려냈으면서
입맛이 동하지 않는다고는 해도 이래저래
스스로에게는 대접이 부실하다
책상 위의 잡지를 들추니 마침 이 달의 주제가 '밥'
어딘가에서는 영양의 과다 섭취가 문제
또 다른 어딘가의 적지 않은 사람들이 기아로 죽어가는
세상의 불균형 불합리는 언제나 있어 왔지만
멀리 갈 것 없이 나의 밥에 대한 태도나 습관부터
되짚어 볼 일
밥, 중요하고 중요하지
밥이 우리를, 나를 살게 하지
남편은 챙기면서 나는 나를 챙기지 않는다
가뜩이나 맥 빠지는 여름. 아무리 입맛 없대도 이저
쓰지 않고는 먹지 말자가 아니라
먹지 않고는 쓰지 말자가 내 비밀스런 캐치프레이즈가
되어야 하나?
밥 먹자!
밥 먹듯이 글 쓰자!

5부

가을 파종

이십 수년을 여름 겨울은 방치 수준으로 나 몰라라 하다가도
해마다 봄이면
잠에서 깨듯 화들짝 부산 떨며 넉삽을 내어서
오이, 가지, 고추, 방울토마토 모종을 심던 텃밭
무경운 무비료에 거름 주지 않은 것이 되려
땅심을 살렸던지 어쩌다 쥔 호미날에
굵은 지렁이 무시로 튀어나오던 흙
알량하게나마 어설프게나마 그렇게 봄이면 아침마다
텃밭엘 오르내리고 푸성귀보다 더 많이
살구, 매화, 산수유, 복사꽃, 수선화에 감탄을 더하고
매혹당하며 지낸 세월
텃밭이라기보다 꽃밭이라 불러 마땅하였던 그 밭뙈기
나의 놀이터였던 그곳이
올봄에 지인의 소유가 되었다
해묵은 집과 밭은 그이들의 취향대로 새단장을 하고도
내외는 이사오지 않고 주말이면 와서 쉬어가는
이른바 세컨하우스가 된 곳
예쁘고 총명한 안주인은 그 밭에 무엇이든 심어 기르고
나눠 먹자 하였지만, 나는 그이들 기척이나

청하는 바 없이는
집 뒤란의 그 터에 발걸음하지 않았다
이십오 년 전 첫봄보다 더하게 풀이 반인 그 밭에
설상가상으로 엊그제는 산사태까지 났으니…
지금은 봄 아닌 가을, 구월.
이웃의 수임 언니네 밭에 배추 모종을 심은 지 일주일
멀리 갈 것 없지, 아쉬워만 말고 심자고
봄 아니라도 가을이라도 새 희망을 생명을 심자고
자꾸만 자꾸만 스산해지고 신산스러운 가슴에
마음에 마르지 않은 마중물을, 꿈의 마중물을 붓자고
살구나무 아래든 빈 화분에든
상치 모종을 심고 시금치 씨앗을 뿌리자
뿌리자고
그러자고

가을 파종 2

적상추 모종 스무 포기
거름 안 하면 택도 없다는 수임 언니말을 따라
빈 화분에 얻어 온 퇴비 몇 줌 섞어 모종을 심었어요
비 소식 들은 지라 물은 안 주고 손 씻고 들어왔는데
5분도 안 되어 비
어리디어린 포기마다 눈 맞추고 절하였는데
이번에는 비님한테 절합니다
고맙습니다
너무 많이는 말고 알맞춤 와 주셔요
텃밭 잃고서 굳이
가을에 심어보는 생명
가을에 꾸어보는 꿈

같이 걸어요

1994년 11월
8개월의 입원 끝 퇴원 날
담당의사는 말했다
어차피 세 번째 수술을 하고 인공인대를 대야 해요
무슨 신앙도 빽도 없는 내가
선생님. 다시는 이 일로 입원하지 않을 거예요
자력으로 걷겠습니다
그랬다
걸을 수 없었던 일 년 동안 몸무게는 칠 킬로가 늘었고
골다공증으로 무릎이 삐걱거려도 무작정 나는 걸었다
그때부터 걸은 길이 어림잡아 몇만 킬로는 될 것이고
삼십 년이 다 된 지금도 나는 내 마음이 가리키는 길을 찾아
그 길 위에 내 발자욱을 더한다
내가 선택한 걷기와 삶은 내게 글쓰기를 가르쳤고
쓰지 않을 수 없어서 써댄 그 글들은
몇 권의 책이 되어 나왔다
도보여행 서적이 드물던 그 시절
출판사의 편집장이던 시인은 말했다
혼자 걷지 말고 사진도 찍고 섬 도보순례의 기록도 남겨

기획판 책을 내자고
퇴원하던 날 의사 선생님께 대책 없는 단언을 하던 때 마냥
첫 산문집을 펴낸 이십삼 년 전 그때도 나는 말했다
저는 책 내려고 걷지 않습니다
걸을 수 있다는 것이 그저 좋아서 고마워서 기적만 같아서
걷지 않을 수 없어서 걷는 거지요
이대로 몇 해, 한 십 년 걸어 보고 이 이야기는 전하지
않으면 안 돼 하는 아름다운 이야기가 있으면
그때 책 낼 게요
길은 길로 이어져 나는 해마다의 지리산 종주에 더해
중국대리왕국의 창산, 계족산, 황산
꿈에 그리던 안나푸르나, 통영 거제 앞바다 섬들,
신안 앞바다 섬,
제주 올레길 두 번,
드디어는 코리아 둘레길까지 마음 가고
발길 가닿는 곳마다를
지금껏 걷고 있으니…
이천 년 이후 너무 많은 도보여행 책들이 쏟아져 나오고
너도 나도 모두가 시인이요 작가가 된 세상
여자 혼자의 도보여행 또한 더 이상 신선하지 않게 된 세상
사람들은 너나없이 여행을 즐기고
건강 바람은 이제 어싱 열풍까지 일으켜
사람들은 밤낮없이 걷는데
해파랑, 남파랑, 서해랑 이어 드디어 DMZ 평화의 길

코리아둘레길 마무리 순례 중인 나는 때때로

멀리 가지 않는 날은 집안의 옹색한 뜰이나마

심지어는 5미터도 안 되는 툇마루, 난롯가 행선까지를

걷기 삼고 있다

3년 전 아들을 먼저 보내고

그 황망한 슬픔을 허물벗기 하듯 떨치고 나온 한 어머니가

걷는 나를 보고, 듣고 그랬다

이제 보시하셔요

보시, 보시라니?

말인즉슨 그 세월 그처럼 많이 혼자 걸었으니

이제 '동행'의 보시를 하라는 것

혼자 걷지 못하는 이, 같이 걷고 싶어 하는 이와

동행하여 같이 걷는 것이 곧 보시라는 것

기실 혼자가 아니었다. 켜켜이 쌓인 그 수수 많은 발자욱에는

길에는 언제나 나인 당신이 함께였다

당신이 아니었다면 그 길들을 나는 감히

걸어내지 못하였을 것

우리가 따로 또 같이 좋을 수 있다면

복되고 충만할 수 있다면

나인 당신, 이제 정신이나 혼으로 말고 몸으로도

나투어 오시라, 오라

같이 걸으러…

같이 걸어요 2

여섯 시 십분
수임 언니의 아침 운동 시간
이틀째 하늘이 흐립니다
걸으면서도 팔을 머리 위로 둥글게 휘두르는 언니
심장을 여는 8시간의 큰 수술을 받고
퇴원한 지 2주
부지런쟁이 언니는 혼자 살면서도 아프면서도
집안일 마을일 두고 그냥 못 보아 냅니다
멀찌기
앞서가는 언니 뒷모습을 보고 갑니다
키가 자그마하고 눈이 커다란 언니
열 평 남짓 텃밭에 철철이 오만 남새에 약초 키우고
음식 찌꺼기 모아 거름 내고 때 되면 거두고 말려서
약 만들고 반찬 저장하는 것이 언니 일입니다
예전에도 큰 수술 몇 번이나 받았다면서도
그 몸으로도 올 여름까지 아파트 청소일 나다닌 언니
언니 제발 쉬어요 놀아요 무리하지 마요
내가 몇 번이나 대책도 없이 말로만 말렸던 언니
서울 병원에서 한 달 지내면서도

'나으면 병원에 봉사 다녀야겠구나' 생각했다는 사람

나처럼 얼굴 보고 말 들어주고 같이 노는 건 봉사 축에도

안 낀다고 생각하는 언니

몸을 움직거리고 일해야만 봉사라 생각하는 언니

그 언니가 날 새자마자 소류지 윗길로 운동가는 아침

나는야 가다 말다 쉬다 내 맘대로이다가

이제는 언니 동무 삼아 멀찌감치 뒤따라가는 길

그렇게 걷다가 결국은 만나져서 나란히 걷는 길

길섶에는 취꽃이 한창입니다

조합장님네 선산에는 붉은 꽃무릇 서너 무더기 피고

울 삼아 심은 나무에는 흰 무궁화꽃

어제 언니가 주웠다는 도토리 오늘도 몇 아름 구르고

눈이 다 시원해지는 비취빛에 코발트블루로 두 눈을 가슴을

밝히는 달개비, 달개비꽃

희순 씨네 높다란 한옥 언덕 아래로는 물봉선 무리

며칠 전 내린 비로 소류지 물도 한가득 출렁출렁

물만 봐도 꽃만 보아도 배가 부릅니다

건강해야 돼, 인자 우리 나이는 어짜든지 몸 생각해야

되는 거라

입맛 땡기는 거 마이 묵고…

눈이 커다란 언니가, 칠순에도 내게는 때때로 중학생 같아

보이는 언니가 내게 다짐 주듯 이릅니다

아이구, 언니

언니야말로 일 좀 그만하고 인제 무조건

몸 생각만 하고 쉬어요

그 말 떨어지기도 전에 허리 굽혀서 도토리 줍는 언니

어지도(어제도) 마이(많이) 주워 놨어

도토리묵 쑤어서 갈라 묵거로(나눠 먹게)…

언니! 줍지 마요, 도토리묵 나도 쑤어 봤는데 그거

무지 손 가고 오래 걸리는 기 예삿일 아니던데

제발 다

낫고 나모, 괜찮아지면 해요오—

언니가 씨익 웃으면서도 또 얼른 도토리 줍습니다

에그, 누가 말려 누가 말려

사람은 다 지 성질대로 습관대로 사는 걸

하긴 누구 말마따나 다 살만하니 하겠지요

영 죽을 판이면 하고 싶어도 못하고 안할 일

그렇지만 언니

퇴원한 지 수술한 지 얼마나 됐다고

도토리 그만 줍고 그냥 이 좋은 아침을 걸어요

같이 걸어요

걸어서 같이 건강해져요

배앓이
―엄마 생각

외식한 날이면
꼭 탈이 나네요

외식도 외식 나름
밥만 먹나요 디저트도 곁들였지요

이열치열이라는데
알면서도 부화뇌동
덥다고 찬 것 찾았으니

탈 나는 것 당연
마음보다 몸이 정직하지요

나 어린 날 배앓이 때
수리수리 마하수리 당신 손바닥으로
문지르기만 하여도 낫던 배탈

앓고 난 뒤면 먹었던
불린 쌀 한 줌 따글따글 고소한 참기름에 볶아

오래 저어서 끓여낸 흰죽 한 사발

볶은 깨 띄운 멸간장 한 종지면
찰떡궁합에 금상첨화이던
우리 엄마 약죽

다 늙은 나이에 배탈 나서는
어쩌자고 어쩌라고
대책 없이 그리운 엄마 손길
엄마 냄새…

호두 두 알

책상 위
언제 쩍부터인지 모르게 놓인
호두알

날마다 만지고
날마다 굴리자고 둔 것일 텐데
오랫동안 손 가지 않았던
두 알의 호두

만지는 만큼 굴리는 만큼
몸이 건강해진다는 호두알

무슨무슨 영양제
헬스기구
다른 것 찾아 멀리 갈 것 없다고
구할 것 따로 없다고

건강은
건강할 때 지켜야 하는 거라고

새삼

손바닥 가득

꼬옥 쥐어보는 호두 두 알

아들도 읽지 않는 글을

엄마 올 가을에 책 두 권 더 내려고…
아들도 읽지 않는 책을 왜 내요?
…
할 말 없어야 되는데
나는 또 대꾸하고 만다
뭐야? 니가 안 읽어도 엄마 책 읽고 또 읽고
다음 책 언제 나오냐고 기다리는 독자도 있거든—
착각도 거짓말도 아니다
내게 진짜 그런 독자 있다
일상의 소꿉놀이 같은 이야기, 사는 이야기를
쓰지 않을 수 없는 지경이 되어 쓰고 또 쓰고
그래서 모아지고 엮어진 글들로 낸 책들
한글만 알면 누구나 금세 이해되는 쉬운 이야기를
웃고 울면서 공감한다는, 드디어는 자기도 자신의 이야기를
써야겠다는 다짐을 하게 된다는 독자들이 내게 있고
책 많이 읽는 선배도 몇 번이나 그랬다
귀자씨 글 읽고 나면 샤워한 기분이라고…
작정하고 쓰지 않고, 만들어지지도 지어지지도 않는
삶의 이야기, 구할이 초고인 생짜배기 글

시인이, 작가가 재고 없는 초고를 겁도 없이
열두 권이나 펴내다니—
누가 시킨 것도 아니고 그 모든 책이 글이 다 때가 있었고
굳이 이르라면 필연에 다름 아니었다
돌이켜서 헤아려보면
내가 가장 좋아하는 일을 그렇게 나는 하지 않을 수 없었으니
그것은 걷기, 홀로 걷기였고, 음악 듣고
찻잎을 따 차를 만들고
작고 낮고 잊혀진 것들에 다가가고 눈맞추기였다
마음이 가는 데에 돈보다 먼저 시간을 내는 거
누군가의 밥상을 차리는 거…
그 모두를 합친 일이 나의 글쓰기였다
고상하거나 근사하다고 수준 높거나 깊다고 할 수 없는
누구나 쓸 수 있을 만치 쉽지만
내가 아니면 못 쓸 나의 이야기
몸의 글 삶의 글
근데 아들아
어릴 때부터 보고 싶은 영화를 못 보면 열몸살을 앓고
토토가 나오는 시네마천국을 열 번 스무 번 함께 보다가
아홉 살 찻자리에서 커서 영화감독이 되겠다고 선언하고
네 말대로 꿈대로 영화감독이 된 아들아
엄마는 네 영화 좋아
왜냐면 그건 정말 네가 온몸으로 경험한
너만의 이야기이그, 재능이나 기술은 차치하고

지독할 만큼 배고프게 외롭게 진실되게 찍고 만든
너만의 영상이기 때문이지, 이야기이기 때문이지
아들!
엄마 글 싫다는, 엄마더러 더 이상 글 쓰지 말고
책도 내지 말란 말은 아니지?
엄마가 네 영화 보고 관객의 입장으로
감상평을 하고 조언하듯이
너도 엄마 글 읽고 독자 입장에서 말해주면 안 되겠니?

내가 좋아하는 말

순례

순례라는 말 당신도 좋아하는지요

일 년에 예닐곱 번은 순례길 나섭니다

정이월 언바람 속으로

우리나라에서 가장 먼저 핀다는 춘당매를 만나러

거제도 구조라로

삼사월이면 수선화를 만나러 공고지로

유월이면 수국 천지 구비구비 저구길

팔월엔 연꽃 만나러

사오월 다 가기 전에 기필코 다녀오는

안동 일직면 조탑리 권정생 선생님 댁

선생님 사시던 오두막 문고리에 들꽃 몇 송이 걸어 두고

안동역 지나 청량산 지나

봉화 비나리마을 막돌 신부님

신부님 생전에 손수 심은 소나무 아래

막걸리 한 사발 올리는 일

그리고 그리고

한 해가 다 저물기 전에

남사마을 지나 청계 야산 묘원에 묻힌

내 친구 목사님 묘소 찾은 지 어언 16년
게다가 웬만하면 거르지 않는
내 마음의 성산, 지리산 순례는 오월이나 구월 중
산 동안에는 체력이 닿는 대로 마음의 약속대로
이어가려는 나의 순례
맑고 향기로운 삶과 사랑의 마무리를 생각하며 걷는
내 가슴 내 영혼이 손짓하는 길들

세상의 모든 당신들의 순례길은 어떠하며
어디로 뻗어 있는지요?

산다화가 피었어요

늦게사 심어 이제야 손바닥 크기로 자란 배춧잎에
물 주고 내려오는데
아! 산다화가 피었습니다
그것도 여섯 송이나…
산다화
그 꽃을 처음 만난 건
오래전 내 친구 스님과 동행하였던
소록도에서였지요
삼월이었는데
싸락눈이 내렸고
병원 앞 뜨락에서 난생처음 본
동백같이 보여도 동백은 아니었던 꽃
하이얀 꽃
그 삼월의 싸락눈발을 배경으로 하이야니 피어 있던 꽃은
귀갓길 내내 내 가슴어 담겨서 왔고
어찌어찌 수소문 끝에
흰색 아닌 진분홍빛 꽃이 피는 산다화 묘목을
우리집 뜰에 심었던 때는 다음 해 봄
내 무릎 어름이었던 나무는

사오 년 세월에 내 키를 훌쩍 넘어서

다른 꽃 오만가지 꽃 다 져버린 시월에

동짓달 늦가을에 연연히 피어서는

이렇듯이 늦은 가을의 스산함

지는 계절 가는 세월의

쓸쓸함을 가만가만 어루만지고 다독입니다

아, 소록도. 그 삼월의 눈발

게서 얻고 만난

이름도 어여쁜 꽃 산다화

산다화 피는 늦가을의 꽃자리

오월의 만남

─ 2024. 5. 27. 달날 아침의 꽃자리에서

식당에서 만나면 되지 하필 청마 시비 앞이냐고

남편이 말했다

'낭만적이잖아' 내가 말했다

그렇다, 그런 만남이 이 오월에 있었다

머리칼만 희어졌지 여전히 미소년의 얼굴에 맑은 눈매

일흔 중반에 첫 시집을 낸 그에게

꽃자리 봄밥상을 차려내고 싶었는데

얼려둔 진달래로 꽃지짐도 곁들여야지 했는데

오라버니한테는 동행이 있었고

이래저래 사정은 여의치 않았다

짧았지만 신선하고 뜻깊었던 몇 시간

헤어지며 내가 건넨 말

이번 통영 나들이. 오빠는 시로, 저는 산문으로

그려내면 좋을 것 같아요

그 제안은 오월 산천을 일깨우는 뻐꾸기 소리처럼

찔레꽃 향기마냥 아름답고 과분한 시 한 편을 낳았으니…

아, 오빠는 '진짜' 시인이시네!

감탄에 감동에 '자연'을 읽고 또 읽었던 밤

그는 다시 반백 년 전 '능선'을 만들고 시를 앓던

그때의 그 청년으로 태어난 것이다
그의 시인다움, 그의 사람다움
시와 함께 나이 들어가는 오라버니의 삶이
반갑고 고맙고 기쁘기 그지 없다
오라버니!
삶이 허락하는 한 저 또한 어제와 같이 오늘도
자연과 더불어 '자연'으로 살고, 또 쓸게요
고맙습니다
그리고 부디 건강하셔요

메리 엄마 김수연

수연이는 메리 엄마
메리하고 같이 살고 같이 나이 들어 가는 노처녀
내가 조디 포스터 닮았다고 느끼고
무엇을 입어도 걸쳐도 선글라스나 모자 하나만 써도
근사하기 그지 없는 멋쟁이
타라 언니이—
내가 사람을 얼마나 좋아하는데
글쎄
사람들이 나보고 메리 엄마래
개새끼 엄마—
수연이는 갓 쉰 살 넘겼어도
반 의사에 반 도사
아는 것 많고 경험한 것 많고
샌프란시스코 5년 살이로 영어는 완전 현지인 수준에
센스에 안목에, 수연이보다 열입곱 해 더 살고도
아직 덜 떨어진 나를
타라 언니— 타라 언니—
('타라'는 티벳어로 관세음보살이란다)
부름서 때때로 초콜릿도 앵기고
이제 몸 생각 좀 하라고 비타민C도 앵기면서

날 좋아하면서, 날 갖고 논다

언니 뭘 모르네

육십여덟이면 이제 칠십이야

조심 조심 또 조심

무리하면 절대 안돼

제발 이제 길 걷는다고 먼 길 나댕기지 말고

자제하고 통영 좀 지키세요—

맞다. 나의 오 년, 나만의 야심찬 프로젝트인

코리아 둘레길 마지막 DMZ평화의 길

해파랑, 남파랑, 서해랑 마치고

이제 가장 짧은, 가장 의미 있는 530킬로의

그 길을 시작도 못하고

내 몸 내 맘은 지금 기약 없이 주저앉았다

그래, 수연아

네 말 맞는 거 옳은 거 아는데

아무리 좋아해도

좋아하는 것도 애쓰는 거라고, 그간 좋아해서 애쓴 거

몸이 먼저 아는 거라던 네 말

알 것도 같아서 옳고 또 옳은 것 같아서

나 당분간은 몇 달은 휴면기 동면기 잠적기로

곱다시 조심—조심 살아 볼게

지금 가기는, 죽기는 아직 할 일도 쓸 일도 남은 듯하고

조금 아쉽기도 억울하기도 하니까

수연!

너는 나 딱 세 번 보고 '타라'라고
이름 지어 주었는데
나는 여전히 너더러 김수연! 하고 있네
하하 언니 그게 뭐라고 나 '메리 엄마'라니까
그냥 언니 부르고 싶은 대로, 꼴리는 대로 불러
나는 암시랑토 않다
유쾌하고 근사한 수연이
치매 걸린 메리하고 간 둘이 사는 메리엄마 수연이
나의 멋져부린 아우

소연아

둘째 딸 막내딸 나리
봄방학이라고
앞뒤 잴 것 없이 친정집 오듯이
이모네 힐링하러 왔다던 소연이

열여덟에 만나
마흔일곱 지금까지 동아대 병원
정형외과 병동 같은 병실 동기로
세월 따라 더 정 깊어진 소연이

오밤중에 술 취해서 전화해
이모오— 하고
제 설움 제 푸념으로 울어도
밉지 않고 싫지 않던 그 소연이

이제는 진짜 진짜 조카 같고
큰딸 같은 소연이, 친구 된 소연이

네가

네 딸 데리고
당연한 듯 무렴하게스리 고맙고 반갑게도스리
한 보름 쉬러 왔는데

아이쿠
삼십 년 네게 보인 적 없고
발설한 적 없던 내 사는 꼴
살아온 내력 이번 참에 다―다
보이고 말았구나

힐링은커녕
이모도 역시
실망에 낙담에

십 킬로 쌀 포다
뜯지도 않은 거 나 주어버리고
황망히 전기장판 캐리어
바리바리 보름살이 짐 거두어 가버린 소연아

그럼에도 불구하고
이모오― 나 이모를 멘토 삼고
이모를 의지하고
통영 이모 곁으로 살러 갈까까지 했는데
이모, 이모오― 어떡해요?

그리 무너지면, 그리 아프면 나는 어찌해요?

또 술 먹고 술심 빌어 전화하고
삼십 분 내내 훌쩍이던 소연이

소연아
이모 안 죽어
봄이잖아
봄처럼 이모 다시 태어날 거야 일어날 거야
아직은 지금은 기운이 너무 없어 그렇지
기어코 기어코 이모 일어설 거야

미안하고 부끄럽고 고마웠다 소연아
지금도 그렇다 소연아

내게는 여전히 깡으로 독기로 반항기로
터질 듯 팽팽하던 그때 그날의
열여덟 살 가시내인 소연아, 지금도 째진 눈에 까무잡잡
남정네 깨나 울릴, 야생마에 매력덩어리 센스 덩어리
소연아─

몸치 났나?
― 긴동댁 2

백화점은 온통
봄빛으로 화사했고
주말의 쇼핑객들로 가벼운 들뜸으로 술렁댔다
딸한테 무언가 꼭 한 가지는 안기고 싶었는데
끝까지 사양. 결국 아동―유아복 매장에서
동네 꼬맹이 채이의 딸기무늬 봄 내의 한 벌을 샀다
통영 도착해서 딸한테 부탁했다
대촌집 한 번만 들렀다 가 달라고
잠시라야 돼요, 가서 빨래해야 돼서…
그래, 잠시… 10분이면 돼
안주인이 거의 한 달 비운 집은 축담 아래
애기수선화 만개하고
삼월인데, 한편 어수선하고 썰렁하기 그지 없다
남편은 자신의 끼니는 챙겨도 마루나 부엌 바닥
걸레질 한 번 하는 법 없다
집이 낯설다. 이생의 가장 오래고 깊은 사랑이 담긴
나의 제1 베이스캠프가…
텃밭에 올라가 수양매 세 가지, 그리고 막 올라온
하이야니 작고 청순한 수선화 두 줄기를 '가자―'하고 모셨다

그리고 녹차맛 단백질 한 봉지
그뿐, 달리 챙길 것도 가져올 것도 없었다
택진 씨네에는 마침 채이 할머니 정란이와
아랫도리를 다 내놓은 꼬맹이 채이가 있다
이거, 채이 선물. 안에 카드도 들었어
이모, 고마워요. 집 돌아보고 꽃 챙기고
채이 선물 전하는 데에
십오 분 채 안 걸렸다
딸의 차에 오르는데
마침 맞은편에서 오던 외진이 모친
오데 갔더나? 안 보이데, 몸치 났나?
링게루 맞아라
예. 몸살 났나 봐요. 링겔? 맞을게요
하고 왔다
몸치
몸살이라고
얼른 알아듣겠는 그 말
링겔 맞으라는 그 말이 괜히 좋았다
대문 없는 집, 어디에도 자물쇠 없는 집
모두의 꽃자리에 이미 청매 홍매 어우러지고
축담 아래 수선화도 절정이었다
텃밭에서도 수양매 수선화가
제때를 만나 피고 있었다
머잖아 살구꽃 목련에 산수국에 치자꽃도 필터

모란, 작약은, 금목서는 또 어쩌고…
내 사십 오십 육십 대가 구석구석 스민 모두의 집 곳자리
나 돌아가리
이 마음의, 믐의 지독한 몸치가
봄의 생기를 빌어 나으면, 나으면 나 다시 그곳으로 가서
아침마다 저녁마다 동남서북 기적 같은 하루에 순간들에
절하며, 다시 길손에 차를 내고 밥상을 차리며
떠돌이 고양이들하고도 눈 맞추고 인사를 나누며
무엇보다 긴동 댁 같은 순자 씨 같은, 아주 많이
정들어 버린, 내 정다은 이웃들과 어우러져 살리라
살리라
살리라

아주 마니요

오랜 독자이기도
젊은 친구이기도 한 경애 씨가
짝지랑 와서 하룻밤을 묵어 갔다
남편은 지난번 다다님 오신다 했을 적에
아주 정색을 하고서
누가, 몇이 와서 묵어가도 좋으니 군불만은 때지 말라고
있는 전기장판 쓰라고 당부했었는데
(나 만난 지 십오 년 만에 우리 집 처음 온 다다님
흔쾌히 전기장판 쓰고 가셨다)
한옥방 군불방 너무 좋아해서
짝지랑 살 집을 짓는데도 굳이 한옥 짓겠다는
한옥 지어서 살자는 꿈 아니면
고집 못 버리는 경애 씨가
더더구나 첨으로 짝지하고 와 잔다는데
나는 아무래도 전기장판은 아니다 싶어
그 시간 여느 때처럼 사랑채 책상 앞을 지키고 앉은 남편의
뒷모습, 눈치를 할금할금 보아가면서 군불 지피고 말았다!
표나게 설치지 않고 두 번 세 번 오르내리며 장작 나르고
오래 묵혀둔 아궁이, 세 번의 시도 끝에 불 피우고 돌계단 막

내려올 때
하필 딱하니 마주친 남편
'당신, 불 때제? 그리 하지 말라 캤는데도─'
버럭. 목소리와 눈길에 잔뜩 힘이 들어 있다
아이쿠! 들켰구나
나는 그만 깨꼬락. 큰 죄 진 사람 되어
'여보오─ 한 번만 용서해 줘. 다시는 안 그럴게'
빌다시피 진짜루다 다짐을 했다
그런지 십 분도 안되어서 선─새─ㅇ─니─임
어둑살 밟고서 마당 들어서는 경애 씨 가슴에
딱 경애 씨 몸채 만한 아이스박스
하이고오, 멀 그리 경애 씨만한 걸 들고 와요?
이거─ 얼마 안 되는데─ 생긴 거거든요. 북면 감,
뚜껑 열어 보니 대봉에 단감이 스무 개도 더 되게 담겼고
어이쿠!
갓 찧은 햅쌀 이십 킬로 자루 이고 오다가
처마에 부딪힌 수원 씨
운동신경 그만이라 나뒹굴지 않고 패 앵─ 뒷걸음질로
한바퀴 돌면서
가을 갖고 왔십니다─
매력진 웃음 가득이다
그래요 가을
가을을, 고성 구만면 가을 들판을 왕창 날라 왔네요
저녁은 먹고 온댔으니

이미 어두워진 툇마루에
코딱지 만한 주안상에 나는, 갓 구운 장떡 두 장
도토리묵에 깎두기로
어설픈 안주 차려내고 셋이 둘러 앉았다
자아, 건배!
막걸리 세 병은 마을 들머리 점방집서 사온 것
나는 평소 저녁 일곱 시 이후로는 물 한 모금도
안 마시는 나름의
원칙 내지 습관으로 살지만 오늘은 당근 예외!
시내버스 운전 12년 차인 수원 씨
또 꽃자리서 첫 밤을 묵겠다는
가을 들판을 통째 이고(지고가 아니다) 온 수원 씨를
환영하는 의미에서라도 고마워서라도 오늘은 무려 석 잔
그럼에도 에게게
셋이서 겨우 두 병 비우고
수원 씨는 고단해서 쉰다고 올라갔다
경애 씨하고의 인연 열여덟 해
그간 한옥 좋아하는 경애 씨는 해마다 거르지 않고
어느 때는 혼자, 또 어떤 때는 지인들과 대촌집 오가기를
즐기고 좋아한 사람
한 번은 팔순 넘은 엄마까지 모셔 와서는
'친정엄마와 1박 2일' 한 것을 몇 해가 지나도록
두고두고 행복한 기억으로 손꼽는 사람
내 두번 째 산문집 '마음만 맞으모 사니라'를

지인을 통해 읽고
첫 걸음했던 그날로부터 참 한결같이 변함없이
꽃자리도, 내가 쓴 글도 아끼고 사랑 해주는 사람
키는 열서너 살 아이마냥 작고
얼굴은 달덩이로 동글
수원 씨가 종달새라 부를 만큼
얘기할 때도 새처럼 지저귀는 사람
핸폰의 바탕음악조차 너 댓살 아이 목소리로
당신은 사랑받기 위해 태어난 사람—으로 시작해
당신이 이 세상에 있어 너—무—좋아요
경애 씨같이 귀염성스런 목소리로 저장돼 있는 사람
사랑스럽기 그지 없는 경애 씨가
수원 씨랑 대촌집 첫날밤을 그렇게 묵어 간 다다음날
선생니임, 윗채 공부방에 봉투 하나 뒀는데 보셨어요?
예에? 그 방 요새는 출입도 안해서 거미줄 투성이고
엉망인데… 경애 씨 마주 보고 통화하는 것도 아닌데
와락 부끄러워지는 나
몇 달 만에 문을 열고 들어선 소위 내 공부방이라는
그 공간은 아니나 다를까, 습기에 거미줄에
그간의 내 게으름과 무관심을 고스란히…
두진 씨 수 해 전에 공들여 칠하고 만들어서
베트남 각시 혜령이랑 리어카에 실어다 둔 커다란 책상
먼지에 두꺼운 노트만 예닐곱 권 쌓인
그 책상 위에 놓인 봉투

선생님 사랑합니다, 아주 마니요 ^^ 경애 씨 글씨
봉투 속에는 재래시장 상품권 다섯 장
경애 씨나 나나 어금버금으로 빠듯한 살림에
쌀이야 단감이야 그러코롬 날라 온 게 어딘데
경애 씨는 참— 이렇게 뒤통수를 친다
그나저나 이 귀한 상품권 어디에 쓰나? 궁리하며
미안하고 고맙고 부끄러운 아침
경애 씨!
나도 경애 씨 사랑하는 거
말 안 해도 알죠?
아주, 마니요—

중복

칠월 염천에 나리는 지고
때아닌 자목련 두 송이 피고 있다
목련나무 아래 고양이 두 마리
세상 편한 자세로 널부러져 자고
책실에는 어제 꽂아둔 치자꽃 향내
음악이 없을 수 없으니
오늘 듣는 '말라이카'는 스와힐리어로 '나의 천사'
천사이자 연인을 의미하는 노래는
남아공의 가난한 청년이 소나 염소 같은 재물을
사랑하는 아가씨한테 선물할 수 없어서
그녀를 떠나보내며 부르는 노래란다
말라이카~
미리암 마케바의 애조띤 목소리가
삼복더위마저 물러가게 한다
어제까지는 선풍기를 틀지 않고도 잤지만
오늘부터 시작되는 본격 무더위
잠자리를 아예 평상으로 옮겨 별 보며 마당 잠을 잘까나?
이순신이 지키느니
생선이나 바닷바람 덕분이라느니 어쩌니 하던 통영도

더 이상 코로나 안전지대가 아니다

하루 7, 8명, 인구비례에 비하여 적지 않은 확진자가

연일 속출하고 시청에도 비상이 걸렸다

어느 곳도 누구도 안전하지 않고 안전할 수 없다

너가 겪고 내가 겪고 우리 모두가 겪고 있는

견디고 있는 팬데믹 세상

그럼에도 그러함에도

지금, 여기는 평화롭다

음악과 시와 쓰르라미 떼의 합창과 대숲 너머 초록숲에서

문득 선물처럼 불어 와 주는 바람 한 줄기…

있을 것 다 있고

없을 것 없다

마땅하고 마땅한 일

며칠 전 텃밭에서는 독사를 밟을 뻔했고

어제 아침에는 전기밥솥에서까지 지네가 출현했지만

뿐이랴

이곳이 저희들의 쉼터이자 아지트인

고양이 일가는 시도 때도

예고도 없이 고약한 냄새 나는 똥 무더기를

잔디밭에 싸지르기도 하지만

진짜 더위는 이제 시작이라지만

괜찮다, 다 괜찮다

하루에도 몇 번씩 하늘 보고

여름이어서 더 고운 노을빛, 구름 떼…

무시로 내 눈을 내 귀를 내 마음을 일깨우고 사로잡는
자연이 날 에워싸고 있으니
이에 더하여 무엇을 더 바라리오
바라리오

유귀자 에세이집

꽃자리 연대

초판 1쇄 발행일·2025년 04월 20일

지은이 | 유귀자
펴낸이 | 노정자
펴낸곳 | 도서출판 고요아침
편　집 | 정숙희 김남규

출판 등록 2002년 8월 1일 제 1-3094호
03678 서울시 서대문구 증가로 29길12-27, 102호
전화 | 302-3194~5
팩스 | 302-3198
E-mail | goyoachim@hanmail.net
홈페이지 | www.goyoachim.com

ISBN 979-11-6724-238-9(03810)

*책 가격은 뒤표지에 표시되어 있습니다.
*지은이와 협의에 의해 인지는 생략합니다.
*잘못된 책은 교환해 드립니다.

ⓒ 유귀자, 2025